新新 忍城春宣詩集

Oshijo Harunobu

新・日本現代詩文庫 167

土曜美術社出版販売

新・日本現代詩文庫　167　新新忍城春宣詩集　目次

詩篇

未刊詩集『冨士淺間神社』全篇

未刊詩集『続　猟犬チビに捧ぐる詩《うた》47』全篇

未刊詩集『月見草』全篇

未刊詩集『少年詩篇』全篇

未刊詩集『懐郷《かいきょう》』全篇

解説

装画／嶋 治子

詩篇

未刊詩集『冨士淺間神社』全篇

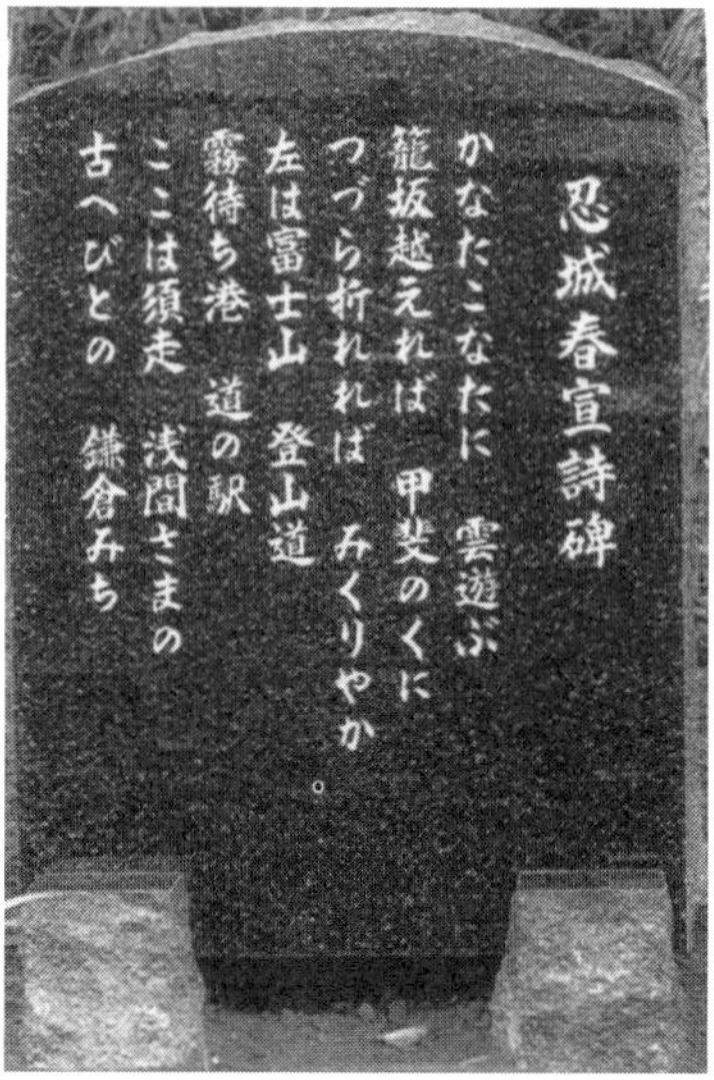

忍城春宣詩碑

かなたこなたに　雲遊ぶ
籠坂越えれば　甲斐のくに
つづら折れれば　みくりやか
左は富士山　登山道
霧待ち港　道の駅
ここは須走　浅間さまの
古へびとの　鎌倉みち

世界文化遺産、富士山東本宮、冨士淺間神社、鎌倉往還に建つ、忍城春宣詩碑。
（縦85㎝、横60㎝）御影石。

表参道　一

いま表参道で
すれちがった着流しの御仁は
津村信夫ではないか

表参道　二

淺間さんの
表参道に立つと
大鳥居が
富士山の御陰口である
ことがわかる

表参道　三

巫女《みこ》の
眉根《まよね》に
雪虫が

長い
袖口に
斑雪《はだれゆき》が

山風が
巫女の黒髪を
玩《もてあそ》んでいる

表参道　四

襟裳《えりも》の
つましい巫女の
黒髪が
背《せな》に遊ぶ夕刻

箒もつ
巫女の
紅を乗せた唇を
秋風が吸う

表参道　五

境内を
掃き清める
巫女の
艶やかな黒髪に
峰風が戯《たわぶ》れ

巫女の
紅緒の
草履に
木洩れ日
踏まれて
うれしそう

表参道　六

峠の
奥処《おくが》で

閃光が奔り
神鳴さまが
とよめいている

時雨は
早いもんで
もう境内の
杉木立まで降りて来《き》
林をゆすっている

参道の階段《きざはし》で
巫女が
箒の手を休め
神鳴さまが
神木の上枝《ほつえ》から降りてくるのを待っている

表参道　七

境内に
天蚕糸《てぐす》を
縒《よ》るような
小流れが注ぎ

小魚くわえた
翡翠《かわせみ》が
水しぶき上げ
枝へと舞い移った

巫女の掌に
巣から落ちた
黄色い嘴《くちばし》の雛が
羽ばたいている

翡翠が
羽根をぬらしたまま
掌の雛に口移しで
小魚を与えている

表参道　八

参道脇の
黄ばんだ草叢で
翅のやぶれた蟋蟀《きりぎりす》が
山風に吹かれて
一鳴きする

早いもんで
今年も明日で
閉山か

表参道　九

天空の
大鳥居の笠木に
ひっかかった夕月を
ながめていると
もし　もし
もおし　もし
声かけられる
ここは月をめでる場所ではありません
お参りする神域《ところ》です！
威丈高な木枯らしに
頰を強《きつ》く嬲《なぶ》られる

表参道　十

おみくじ
くわえた山雀が
茅《ち》の輪《わ》を
三回くぐり抜けては
鳥居の笠木に舞い移る

舞い移っては
また茅の輪の前に
舞い降りて
三回くぐりを
繰り返す

お参りは
　こうしてやるんだ

とばかりに
尾羽で地を叩き
　チチ　チチ
と啼く

参拝者は
　ああ　なんて
　芸達者な奴だ
かしこい山雀に
拍手喝采

浅間わきの
親っさんちの
可愛ゆい
子飼いの
山雀だ

表参道　十一

つば広の
帽子の少年が
大鳥居の奥の
本殿に向かって
掌《て》を合わせている
ずぅっとさっきから
母の快癒を願って

風が
絵筆を走らせながら
高原を駆けている
つば広の少年をまねて
尾花が素直に
風の云うこと聞いて
富士に向かって
一斉にお辞儀した

表参道　十二

木枯らしが
落葉と遊ぶ
表参道
人影は絶え
杜の木群には
星も隠れている

水溜まりに
青い灯影《ほかげ》の
ぼんぼりが
　ゆらら

ゆらうら
揺蕩っている

道祖神が
双体《ふたつ》の
灯影で肩を寄せ
唇《くち》を吸っている
指をからませ
唇が千切れるほどに
吸い合っている

表参道　十三

沈むのを
忘れてしまった夕陽が
境内の表参道で
子どもたちと一緒に遊んでいる

若い社司が
鳥居に引っ掛かった夕陽を
串幣《くしぬさ》で祓《はら》い落そうとするが
夕陽は中々社司の云うことを聞いてくれない

向《むか》つ嶺《お》から
葱坊主《ねぎぼうず》のような白い
頭を出した十六夜《いざよい》が
昇るのを躊躇《ためら》っている

仄暮れのなかで
富士尾花が
社司のお祓いをまねて
十六夜の顔を撫でている

表参道　終章

精霊蝉が
しくしく鳴く石畳を
桜の洋杖《ステッキ》突いて
ゆっくり上るのは
どっかの豪《えら》い御《お》仁《ひと》か
艶やかな長い顎鬚を
片方の手で撫でながら

見知り越しの顔もいて
いくたりもがこちらに辞儀をする
それに叮嚀にうなずくわたし
四囲《あたり》が急に冥《くら》くなり
空模様が一変して怪しくなった
槍のような風が逆巻き
横なぐりの雨柱が立ち
社叢の上空で
雷神《らいじん》様がさわいでいる

参拝を終え
手拭《てのごい》を頭に載せ
大股で階段をかけ下るのは
さっきの見知り越しの男主《おとこしゅう》
黄色く末枯《すが》れた太いカエデの木蔭で
夕立が疾り去るのを凝っと待つわたし
門前の近くの宿の内儀《かみ》さんから
もらった胡桃柚餅子《くるみゆべし》を喰いながら

脇参道　一

先《さっき》から

ずうっと
寄り添い
動かない

脇参道の
石畳のうえに
ひとつになった
長ぁい影

このまま
こうして
須走の
旅籠《はたご》へ

旅装を
解くか
この土地《ところ》に

滞在《とどま》るか

富士に
問えども
外方《そっぽ》を
向くばかり

脇参道　二

さわらびの
萌ゆる　脇参道
不二山《ふじさん》鳥居に
深ぶかとこうべを垂れる
どこぞの大店《おおだな》の
ご隠居か

門前で長ぁい
お祈りすませてから
こんどは左手富士に
懇《ねんご》ろにお辞儀する
結城紬をゆったり
着こなしたご隠居と媼《おうな》

媼の繕《つくろ》った
袱紗包みのなかには
孫との約束の
お土産が入っている

石畳に躓《つまず》かぬよう
ご隠居が媼の手をとり
二人《ふたあり》は本殿に向かって
ゆっくり　ゆうっくり
石段を下ってゆく

脇参道　三

初老の男が
若い女を連れバスから降りる
男は白足袋に
着流しで羽織を手にもっている

背は低く　肩幅広く
頑丈そうな体軀《からだ》に
太い猪頸《いくび》が両肩に坐っている

右手だけを袖から出し
大鳥居に向かって片手拝みする
すぐ後ろで派手な服装《みなり》の
あだっぽい女が大欠伸しながら
男のまねして片手拝みする

男より二回り《ふたまわ》ほどの若い女だ
同伴《つれ》の彼女を振り返り
男はやれやれと独り呟きながら
紺絣《こんがすり》の着物の裾をさばき
バス停の長椅子に坐った
女も男に身を寄せ坐る

この初老の旦那は何れの
土地《ところ》の如何な生業《なりわい》のお人だろう
二人の仕種をすぐそばで
烏帽子《えぼし》富士が含み笑いをして見ている

脇参道　四

空梅雨のせいか
朝から陽射しが
強く照りつけ
社叢では松蟬が
喧《かまびす》鳴いている

何処からか
引っ越してきたばかりの
年端《としは》もいかぬ姉弟
今日も学校帰りに
賽銭箱に小遣銭を投げ入れ
母の快癒を願って
吊り鈴を鳴らしている

淺間さんの
参拝を終えた姉弟は
不二山鳥居をくぐり抜けると
急いで集落外れの

母と番犬《ばんいぬ》の待つ
わが家へと帰ってゆく

脇参道　五

小高い
脇参道の
石段に立つと
甍《いらか》が波打つ山門に
手が届きそうだ

本殿の棟瓦《むながわら》の隙間から　暁《あ》け方の
彩かな朝黄の空がのぞいている
神木の杉木立の合間から
社司の祝言《のりと》が幽かに洩れて
風もないのに神馬舎《しんめしゃ》の注連縄《しめなわ》がゆれていた

ボォウ　ボォウ　ボォウウ
古木の洞《ほら》で寝惚けた梟《ふくろう》がわたしを呼んでいる

朝の参拝を終えた近くの食堂の
うらなり瓢箪によく似た小振りな若旦那が
楊枝で歯をせせりながら
石段を急ぎ足で下りてきた
空《から》になった白い燕《つばくら》の巣を手にもっている
んぎー　んぎー
一斉に鳴きだした遅蝉が
境内の杜をゆすっている

燕の番いが
漸く翼をひるがえし
鳥居の笠木を掠めて旅立った
脇参道のとば口で
一週間ぶりに　雲間から

にょっこり顔出した
真っ新な初冠雪の兜富士を
わたしは思いきり抱きしめる

冨士淺間神社　一

火の粉のような
赤トンボ飛ぶ
杉木立の杜

天空に
黄金《こがね》の
壮麗雄偉《そうれいゆうい》な本殿が

天守閣の如く
聳え立つ夕栄《ゆうば》えの

富士山東本宮冨士淺間神社

冨士淺間神社　二

大鳥居に
踏み入ると
神職の祝詞が
叢林《そうりん》に木霊し

上枝《ほつえ》から
糸を縒《よ》るような
澄んだ
大瑠璃の歌声

境内の
小流れに

夕螢が舞い
旅のおひとの
独り言《ご》つが
きこえる

冨士淺間神社　三

表参道を進むと
二層重ねの楼門《ろうもん》に向かって
点々と雪洞《ぼんぼり》がのびている
社叢の奥処《おくが》で梟《ふくろう》が啼き
眼間《まなかい》を掠めて鼯鼠《むささび》が舞う

お堂の梁から
吊り下げられた祈り綱を
力強く引き鳴らすのはいつものご仁《じん》か
賽銭箱に過分な喜捨《きしゃ》を投げこむ大店の主人《あるじ》か
洞のなかでまた梟が啼く

神木の垣間から
柏手と鈴の音にまじって
神職の祝詞が神々しく
木霊となって反ってくる

凝っと眼を閉じ耳を澄ますと
富士山の寛《ゆったり》した息づかいが
白衣の富士講衆の鈴の音が
六根清浄の唱詠が……
眼裏《まなうら》に届く

冨士浅間神社　四

元旦の
信《のぶ》しげの
滝壺の水皺《みなじわ》に
赤子のような
お日さまが
あぶあぶしながら
泳いでいる

木枯らしが
強吹《しぶ》いたあとの
浅間の杜に
夕梟が啼き
空火照《そらほて》りの中に
本殿が　大天守のように
屹《きつ》と煌めき

大鳥居が
天《あま》が紅《べに》の
赤い空を背負い
聳峙《たっ》ている
小童《こども》らの
長ぁい影が
石段を跳ね

杜の木叢《こむら》に
日の玉が
ころがり
落
ち
た

冨士淺間神社　五

赤斑《まだら》な
夕焼けに染まった
のぶしげの
滝しぶきに濡れながら
紅い神橋を渡る

石畳の
参道に踏み入ると
蝦夷蟬《えぞぜみ》が
　爺い〜ん
　　爺い〜ん
わたしを招んでいる
蟬に招ばれて

楼門をくぐると
夕陽に燃えた本殿が
鳳鳥となって
今にも天空に
飛翔《とび》立たんとするではないか

冨士淺間神社　六

祈り縄を引き
大鈴鳴らし
拍手を重ね打ちし
何か懸命《しきり》に祈っている
見形《みなり》からして
どこかの土地の
まだごく若い

旅のおひとのようだ

内ポケットから
一枚の写真を取り出し
その写真と一緒に鳥居の後ろの
富士山をずっと見ている

夕陽が西に回り
社奥で
　つくつく
つく法師《ぼう》
が騒いでいる

冨士浅間神社　終章

桜蘂《さくらしべ》降《ふ》る

冨士浅間さんの
紅い神橋の手すりに
蝶が翅を畳んでいる

ずぅっとこのまま
眠ってしまおうと
しっかり翅を畳んでいる
翅もだいぶ破れてしまったことだし
もうこの辺で舞うのをやめようと

境内の大山桜の残り花に
飛び移ろうと何度も試みるが
両翅がもう云うことをきかない

仲間の蝶が
狛犬にとまって
おいでおいでするが

もうとうてい無理だ
ああ眠い　目が見えない

淺間広場

淺間さんの
駐車場広場で
学校がえりの子どもらが
地べたに一つにかたまって
何かしゃべりまくっている
そこへ帰宅知らせの
金太郎の自鳴琴《オルゴール》が鳴る

子どもらが
一人減り　二人《ふたあり》減り
三人《みたり》減りして

とうとう遊びの輪が解けた
子どもらを
見守っていた富士山が
大欠伸し　狐狗狸《こっくり》はじめた

淺間界隈

空が
鳥渡《ちょっと》ばかり
遠くまで夕栄え
淺間さんの
甍《いらか》が朱く光《てか》っている

銀行の大屋根に
小魚をくわえた青鷺が
濡れ羽を休め

公園では児童《こども》らが
蟬取竿を振り回し
林の周りをあちこちしている

郵便ポストが
首長くして
配達夫の帰りを待っている
旅のおひとが
信号機の後方《しりえ》　大鳥居に
ずっと手を合掌《あわ》せている

螻蛄《けら》

今夜も
淺間脇の
灯火の下で

じいい
じいい
ミミズが鳴いている

ああ　あれは
翅のやぶれた螻蛄だ
年の瀬は
　さむしい
　さびしい
って鳴いてるんだ

鎌倉往還《みち》　一

夕靄《ゆうもや》が
ひたひた
ひたと這う

浅間沿いの
鎌倉古道

草を食む
一羽の
山兎の眸に
街の灯が
滲んでいる

鎌倉往還　二

雀の
泪ほどの
雨が
　ほと　ほと
ほ　と　ほ　　と

往還の
石畳に
降
っ
た

杜の
雀が
天雲
見あげ
咲《わら》ってる

鎌倉往還　三

空は

朝から曇って
冷え込みが強《きつ》い
顔を顰《しか》めつ
鎌倉みちを
ひとが往き交っている

霰《あられ》が迸《たばし》り
参拝者が急いで
車輛《くるま》に乗り込んだ
関西ナンバーの旅客が
富士に写真機《カメラ》を向けるが
天辺は厚い雲に隠れている

いくら地踏鞴《じだんだ》踏んでも
富士は姿を出してくれない
旅客は顔を逸向《そむ》けながら
小石を思いきり
富士に対って蹴った

鎌倉往還　四

大柄で
気弱そうな物腰の
四十がらみの男が
こざっぱりした服装で
往還に立っている

雪をいただいた
富士山《おやま》の稜線が
滑り台のように裾野まで延び
男は胸を反らし思いきり
富士に対かって大きく深呼吸する

が　吸い込んだ息がもどらず
胸板をはげしく叩き
喉元を掻きむしり
七転八倒し踠《もが》き喘《あえ》いでいる
富士山が喉につかえたらしい

鎌倉往還　五

往還《みち》には
風もないのに
落葉が舞い
杜では百舌が八釜しく啼き
天空は晴れ渡り
白い富士だけが光《てか》っている

男が宿から
酒のにおいをさせながら
ゆぅっくり出てきた　手には何ももっていない
髭の剃りあとが青々として
舞台役者のように
額に太い青黛《せいたい》が一本走っている

宿から
男を追うように出てきた
女の切れ長の眼が
潤んでそぼ濡れている
が　女は男を追わず
バス停に向かって歩いていく

少しでぶっちょな男は
ポケットに手を突っこみ
棒立ちになったまま
でっかい富士山を凝っと見仰《みあ》げている

見仰げながら
金壺眼をゆっくり閉じた

鎌倉往還　六

四囲《ぐるり》を
稜線に抱かれた
風荒ぶ集落の後ろ
山肌を光らせた
鋸歯《きょし》の連なり
茜空に黙然《だんまり》を鎮座する
烏帽子富士

甲斐への古道《みち》は途絶えているが
その先は籠坂峠へと繋がっている
指呼すれば　尾根向こう

蝸牛《かたつぶり》のような車輌《くるま》が何台《いくつ》も
立往生する　九十九折
里唄にも似た　雪起こしが
屏風嶽《びょうぶだけ》の山襞に木霊する

小雪崩《こなだれ》が　裾廻《すそみ》古道を
ゆるゆら騒ぎ立ち
人の行く手の邪魔をする
雪の晴れ間の富士のさと
ああ　風戯《かぜそば》えの　鎌倉往還

鎌倉往還を謳う

風花が　雪虫が
富士をめぐりめぐって
舞いに舞って降りてきた

巨きな頭花《とうか》のオニアザミが
雪解け溜まりに揺れている
野鳥が賑やかに囀《さえず》り
大瑠璃《おおるり》が葦に止まって
鳥寄せ笛に返答《こたえ》ている

高原には霞桜や
レンゲツツジが咲きほこり
踊り屋台では稚児舞や
里娘らが花を手にして舞っていた
露天商の叫び声や
草競馬の蹄《ひづめ》の音が
昼花火と一緒になって
雲の上まで上がっていた

樵夫《きこり》が険しい炭焼き坂を
やんさもんさのかけ声上げて
鉢巻ねじって滑ってきた
馬の背中に菰荷《こもに》を積んだ馬方《うまかた》の
のどかな馬子唄が山壁に谺し
辻の隈《くま》廻《み》で強力《ごうりき》さんとすれちがう

右を辿れば
富士講衆の滝のみち
群青富士の黄金《こがね》みち
手前は太刀山　三国岳
後ろは箱根　外輪山
かすみ棚引く山峡《やまがい》の
乙女峠へ向かうみち
裾廻古道が手招《よん》でいる

かなたこなたに雲遊ぶ
籠坂越えれば甲斐のくに
九十九折れれば御殿場《みくりや》か

左は富士山　登山道
霧待ち港　道の駅
ここは須走浅間さまの
古へびとの鎌倉往還《みち》
（昭和初期の須走に憶いを馳せながら）

出逢い辻　一

どこかで
出会ったことのあるような
眉毛が濃くて　おちょぼ口で
少しえらが張ってはいるが
おだやか顔の恰幅《かっぷく》のいい
何れの土地《ところ》の親爺《おや》っさんか

こちらの
思案含みの表情に
相手も思い当たるのだろう
狐狗狸《こっくり》さんのように
立ち止まってはこちらを振り返り
また頭をかしげている
が　しばらくわたしを見てから
口に手をあて　ぷっと笑った

居酒屋の
店先に立つあの信楽《しがらき》の
狸そっくりなこちらの顔みて
　やっぱり
　思い違いでしたよ
わたしにぺこり頭を下げ
親爺っさんは漸く参道から立ち去った

出逢い辻　二

遠いとおい日の
だれかの顔に似ている
が　はてさて何時《いつ》見た顔か
しばらく其処で頭をひねっていると
相手も此方《こちら》を見知っているようで
声かけようか
かけまいかを迷っている

いつも何処からか帰ってきて
すぐに旅立ってしまうあの
集落の隅っこに住む
老爺《じっ》つぁんの面差しに
そっくりよく似ているのだ

何は無しに互いに
這《ほ》う這うの態《てい》で
其の場を立ち去ることができたが
なれど妙に気になる
出逢い辻

鵺《ぬえ》*　一

雪
雪
が
舞
い

沁《し》
み

沁
み
積もり

杜
の
洞《ほら》
で
鶫が啼く

翅《はね》痛め
渡りを
諦めた鶫が
雪音を
真似

沁《し》
み
沁
み
と啼く

＊ 鶫……トラツグミの異称

鶫 二

小萱《おがや》が
風に鳴り
牝狐が
月影を
跳ねている

草原の

彼方に
闇富士
一つ
浮き

尾根の
撓《たわ》みに
星が隠れている
ひいい
ひょおおお

朧夜《おぼろよ》の
浅間の杜で
嗚々《ああ》 鵺《よ》が
わたしを招んでいる
心《うら》寂しびに慄えながら

日本野鳥の会の碑

黄葉《もみじ》舞う楼門《ろうもん》の
すぐ左わきに建つ
碑文を読んでいると

日本野鳥の会の
中西悟堂の詩《うた》だよ

神木の枝から枝へ
口遊《ぐぜ》りながら
滑空するのは
大蝙蝠そっくりな
鼯鼠《むささび》ではないか

君はどこから

いつ舞ってきたの
訊ねると

三国峠から
一昨昨日《さきおととい》翔んできて
明明後日《しあさって》には帰るのさ

返答《こたえ》るではないか

大瑠璃《おおるり》

浅間さん脇の
参宮《さんぐう》街道を往くと
河鹿に誘われ
脇参道から境内に入る

崖向こうの高台の林で
翡翠《ひすい》のようで艶やかな
　リリッ　リリリ
　　リリッ　リリリリ
大瑠璃が囀っていた

楼門沿いに立つ
中西悟堂の
詩を詠む

慈悲心鳥《じひしんちょう》

雨のそぼ降る
仄暗い夕方
社務所の端居《はしい》に

雨宿りしながら
社叢に眼を向けると
　慈悲心
　慈悲心
ジュウイチが啼く

お社《やしろ》の帰りらしい
緑《みどり》袴《ばかま》を召された
近くの見知り越しの
まだ年若い禰宜《ねぎ》さんが
御神酒でも飲まれたらしく
頬を紅らめながら
ちょっくら嚔《くさめ》して
石段を下りる

　慈悲心
　慈悲心

また神木の上枝で
尾羽を上下に振りながら
ジュウイチが啼く
　早く帰れ
　家に帰れ
わたしに云っている

未刊詩集『独《ひと》り法師《ぼっち》』全篇

独り法師　一

富士山に
　独り法師で
淋《さむ》しくないか
たずねる

お前さんも
　独り法師だから
　　わかるだろう
窘《たしな》められる

独り法師　二

高原の
草を褥《しとね》に
雲を見る

富士の
頸筋の
すぐわきを

ちぎれ
ちぎれた
雲がゆく

たれかの
容貌《かお》

そっくりな
独り
法師の
雲がゆく

独り法師　三

夕鳥が
やまに
帰るさに
　ちち　ちち
と啼き
わたしも
さとに
戻るさに
　はは　はは
と息を咳《せ》く
夕鳥と
いっしょに
　ちち　ちち
　はは　はは
と叫びながら
麓に
急ぐ

独り法師　四

山の

傾斜《なぞえ》を
這いながら

誰にも
見られぬよう
野放途な

背中
丸めた
淋しらな

己に
よく似た
風が吹く

独り法師　五

風に
話しかけると
耳をふさいでいる

向こう岸で
犬の散歩する母子が
こちら見て見ぬふりしている

袖振草も顔そむけ
遠くで富士山までが
知らんぷり

独り法師　六

ほとほと
勝手口を
叩く者がいる
そっと開ける

誰もいない
がたびしの戸を閉めると
ほとほと　また戸を叩く
やはり誰もいない

目を閉じると
座敷童《わらし》のような
足音が確《しか》と聞こえ
わたしの名前を招《よ》んでいる

近くの鎮守の杜で
風虫たちが集まって
わたしに遊ばないかと
招んでいる

独り法師　七

侘しらな
独り法師の
時雨が

山を越え
谿《たに》を渡り
峠に躓《つまず》きながら

国境《くにざかえ》から
　しぼ　しぼ
　　しぼ　ぼぼ

径を
迷って
やってきた
高原の
でっかい
富士見て

　　しぼ　しぼ
　しぼ　ぼぼ
泣いている

侘しらな
独り法師の
富士時雨

独り法師　八

人里はなれた高原の
岩蔭で転《うた》た寝ながら
夕涼みしていて
不図《ふと》　足音に気づく
けものみちを少女が裸足で
駆け寄ってくるではないか

昨日の夕刻
みちに迷って
林の棘坂を彷徨《さまよ》っていると
見知らぬ男《ひと》と出合いざま

衣服を捥《も》ぎ取られたが
隙を見てやっと逃れてきたのだと
ま裸の少女は
こちらに助けを求めながら
怖々《こわごわ》と掠《かす》れ声で云う
もしぼくが
独り法師だったら
ぼくの中に一緒に住まわせてほしいと

独り法師　九

草原で
擂鉢を
伏せたような
でっかい図体《ずうたい》が
尻餅をつき
なかなか
起き上がれず
達磨転びのようにもがいている

丘から
眺めるその様《ざま》が
非道《ひど》く滑稽な　ほったらかしの
独り法師の富士山だ

谿の向こうで
子どもが
斑犬《まだらいぬ》と
巫山戯《ふざけ》ている

遊び疲れた

甲斐《かい》犬《いぬ》は
富士山に片脚上げ
長い用足ししている

そんなに
　悄然《しょんぼり》するなよ
わたしの声が
富士《かれ》には届かない

独り法師　十

紫陽花
の
葉に
水滴《しずく》が

水滴が
独り言
のように
躊躇《ためら》い

紫陽花
の
葉に
蝸牛《かたつぶり》が

蝸牛の
螺旋殻に
薄翅
蜉蝣《かげろう》が

蜉蝣の
薄翅に

虹が
虹が　耀《かがよ》い

独り法師　終章

一日中　雨戸を閉め
家に閉じ籠もり
青年は人前には絶対に姿を見せない
不見日《ひみず》土竜《もぐら》のように
部屋の中で一人ひっそり暮らしている
隣り近所の住民は
子ども時分の彼を見ただけで
もうすっかり忘れ去られている

青年は年に一度の
日短な自分の誕生日には
青白くやせた木彫り顔で
二階の雨戸の隙間から外をのぞき
外に誰もいないのをそっと確かめる
雨戸を戸袋に入れてから
やおら窓を一杯に開け放し
須走の町に浮かぶでっかい富士山を
胸いっぱいに吸い込むのだ
富士山に対かって手を振り
思いきりにっこり微笑みながら

この日の青年ときたら
朝から天井の蜘蛛の巣を払い落とし
窓ガラスも丁寧に拭き掃除する
富士山にいつ部屋の中を覗かれても
恥ずかしくないように
一張羅の背広を着て
青年は太陽のように輝いている

だから富士山だってこの
引籠もりの彼を独り法師にさせまいとして
青年の誕生日だけはしっかり憶えている
一年ぶりの再会に
彼の元気な顔見てほっとする

富士山は
目の前の雲を取り払い
バースデーケーキに似た
美麗な雪化粧を彼に見せる
こんな関係を青年と富士山は
もう二十年余りも続けている
本当《ほん》に彼ら　二人は
おかしな変梃輪《へんてこりん》な関係だ

虎落笛《もがりぶえ》　一

橋のたもとで
土筆《つくしんぼ》の真似した
割りばしの片割れが
つっ立っている

ひ弱な風が吹いてきて
割りばしに
しっかりつかまって
泣いている

虎落笛　二

不揃いに

立ち並んだ
乱杙歯《らんぐいば》のような
垣根

その垣根に
木枯らしが吹きつけ
あちらこちらで
虎落笛が泣いている

　さむしい
　さびしい
云って
泣いている

深夜

手慰みに
わたしから
去っていった女《ひと》を指折り
名前をよんでみる

手遊《てずさ》びに
その女の
名前を　卒度《そっと》
手の平にかいてみる

紙縒《こより》

仏壇の

掃除をしていると
奥の抽斗《ひきだし》から
昔《むかあし》　二十歳《はたち》で逝ったひとが書いた
わたし宛の封筒がでてきた

中身の
紙縒を
埋《うず》み火で焙《あぶ》ると
　ありがとう
の文字が浮きでてきた

背守《せまぶ》り螢《ほたる》

盆踊りに
一緒に着た浴衣
簞笥《たんす》の底に蔵《しま》い込んだまま

数十年がたった

浴衣に袖をとおすと
あの日とおんなし
背守り螢が　二匹
袖口に舞っていた
そのひとはもういない

時雨

ちょうど
五十年前に
日記代わりに綴った詩が
数篇　抽斗《ひきだし》の奥から出てきた
大切に蔵い込んだままの詩を
読んでみる

二人で
時雨を追って
隣のまちまで
一つの傘に入っていく

などと書いてある
二人とは
結ばれてすぐに
二十歳の秋に
わたしを置いて
逝ってしまったひとのこと

君が欲しい

裸電球の下で
ひざを折りたたみ
薄ぶとんを抱えていると
遠くに逝ったひとを
不図憶いだす

今夜は誰か
訪ねてくれるといいが
そんなひともいない
やたらとひと恋しくなる

歌の切れはしに
今夜は
君が欲しい
誰かのつくった
そんな歌をうたってみる

埋《うず》み火

何を心思《うらも》うのか
酒を呑みながら
すすり泣いている
酒場から
三味線の爪弾きが洩れてくる

有耶無耶《うやむや》になった
むかし為出《しで》かしたあやまちを
今さらむしかえしへしかえししてどうなるのか
埋み火のような女のしのび泣きが
集落はずれの湯宿近くの酒場から
今夜も洩れてくる

女のすすり泣きを
かき消そうと
法師蟬と沢音が
一緒くたになって鳴いている

舟唄

場末酒場の
淋しがり女に
楽しくなる詩を
読んできかせたら
余計に声をつまらせ
咽んでいる

こんどはよろこぼしの
詩を読んできかせたら
笑顔になるどころか

噦《しゃく》りあげ嗚咽《おえつ》する
わたしの詩はどれもみな
生まれ故郷の島唄に似ているらしい

細っぽい指で
酒杯《さかつき》をつまみ
地酒を口にはこびながら
彼女は唄いはじめた
わたしの耳朶に唇《くちべり》をあて
遠い海向こうの島唄を

宿のおんな

峰向こうで
雷《いかずち》が奔り
山峡の
天の川に
朧《おぼろ》な月が浮いていた

釣忍《つりしのぶ》の浴衣着た
糸のような細い目の
宿のおんなが団扇をたたきながら
くぐもり月を凝っと見ている
まばたきせずに見ている

おんなの膝元に
山紫陽花が這っている
螢刈りの子らが
大きく手を振りながら
谺と一緒にかえってゆく

消えたひと

東《ひむがし》に
陽炎《かぎろい》の
立つ
山の
遥か
向こう
埋み火に
似た
朧月《おぼろづき》
浮く
そう
その辺り
また
来るから
と
言葉を
残し
消えたひと

くも

かなた
こなたに
ゆたに

たゆたに

ゆうら
ゆううら

ことだまに
にた

くも
ひとつ

みね
むこうへ

きえて
ゆく

供養塔

路上で
行《い》き斃《だお》れた
たびのひと

崖から
谿底に
身投げたひと

この世から
何かの理由《わけ》で
卒業されたひとの

供
養

塔

朽ちた
標識のように
何本も

風に
晒され
切り岸に立っている

陰口

水芹が
清水に洗われ
笹笛のような
音をたてている

芹田の
なかほどで
沢霧があつまって
何かを話している

陰口のように
ひそひそ話している
水泡《みなわ》が知らんぷりして
陰口を聞きながしている

知らなかった

集落の
端れで　ひゅるり　ひゅるる
鳴るのは　山の少女の

鄙唄《ひなうた》だったこと

里路で
濡れそぼった女《ひと》の
髪筋に　雨粒が
さむしがっていたこと

杣道《そまみち》で
猟師が迷ったとき
けものたちが　くっくっ
含み笑いをしていたこと

木枯らしが
家の戸口を敲《たた》くのは
本当は　山風の
泣き節だったこと

そして
だれもが
誕生《うま》れたときから
光を探していたこと

今日まで
わたしは
みんな
知らなかった

月に問う

童《わらべ》らの
仲間を呼ぶ
笹笛に似て

雪女の
嫋《たお》やかな
忍び足に似て

荒野《あらの》の
猪《しし》の猛々しい
唸り音《ごえ》に似て

生死《しょうじ》の
海を浮遊する
人魂の迷歌《エレジー》に似て

草原の
風が　今宵
何処《いずく》から
靡《なび》いてくるか

道すがら
月に問う

法師蟬

先輩から
人前で　ぶつぶつ
口小言を云われる

帰宅してから
すぐに自分は
庭の木にすがって泣いた

つくつく法師に負けじと
　つくづく　阿呆《あほう》
繰り返し一所懸命泣いた

法師蟬が
吃驚《びっくり》　目を剝《む》き
飛び去った

鎮魂歌《レクイエム》

酔ったオルガン弾きが
双眸《りょうめ》をうるませながら
病で逝ったばかりの
妻への鎮魂歌を奏でている
まもなくミサが始まる
白百合薫る夕べの暫時《ひととき》

神父が
教会の入口ドアに立って
懐中時計を覗き込みながら
老人の弾き語りが
止むのを凝っと待っている

空が

井戸を
覗くと

狸の白い
腹のような

雲が
浮いていた

もふもふ泣いて

浮いていた

合掌

一匹の死にかけている
幼蛾の周りに集まって
泣いたり　悲しんだり
手を合わせたりしている
たくさんの蛾の仲間が
誘蛾燈の傍で――
油の入った水盤のなかで
幼蛾の翅が小刻みに慄えている
河鹿蛙が水盤のふちに手をついて
美声を張りあげながら
幼蛾を助け出そうとしている
が　その願いも叶わない

空梅雨

干涸びた地べたに
蛙が坐っている
喉がからからで声がでない

蛙が地割れに
頭を突っ込み
乾いた土の匂いを嗅いでいる

雨袋がまだまだ空《から》だから
もう四、五日がまんしてくれい

下界を見下ろしながら
雨雲が申し分けなさそうに
蛙に詫びている

雨乞い唄

日照りで
枯れた瓦落瀬《がらせ》の
　水がほしい
　雨がほしい
噎《むせ》び声

枯れた
堰の窪みに
落鮎が
一塊になって
干涸《ひから》びている

夜っぴて
　雨雲ほしい
　一雨ほしい
里の瓦落瀬の
忍び泣き

今夜も
里はずれの
谿谷《けいこく》から
雨乞い唄が
冴する

蟋蟀《こおろぎ》

庭の隅で
やっと生きのびた
蟋蟀　一匹
　さぶい　さぶぅい

啜《すす》り泣いている
末枯《すが》れた
林の端で
木枯らしたちが耳語《ささや》く
朴の朽葉を
噛みながら

蟋蟀が
　可哀相だから
云って
足音たてずに
立ち去った

閻魔《えんま》蟋蟀

部屋の隅で
季節はずれの
閻魔蟋蟀が鳴いている
　外へ出して
　ほしい　ほしい
鳴いている

子どもが
切餅焼きながら
　部屋から出たけりゃ
　勝手に戸を開けな
閻魔蟋蟀に応えている

蜉蝣《かげろう》ほどの

仄かに
薫る山菊の
香に誘われて
蝶が舞う

雪虫より
軽き翅
斑雪《はだれゆき》より
なお清《さや》か

ひいら
　ひいらら
薄い花弁を
透かしたような
わたしの夢の
端くれを
夜っぴて　蜉蝣ほどの
蝶が舞う

鯔《ぼら》

川底を藻《も》草《ぐさ》が
蛇《くちなわ》のようにぬたりくたり
ぬらゆらゆらいでいる

鯔の群れが産砂《うぶずな》に
白い卵塊《らんかい》を産みつけ
絵の具刷《ば》毛《け》を洗うように
水筋を白く染めている

荒砂で傷ついた鯔は
銀白の腹を慄わせながら
早瀬に逆い滑っていく
そう　しょろしょろ滑っていく

橋のたもとから覗《み》ていると
腸《はらわた》がもぎとられるようで
無精に　か　な　し　い

笹鳴き

窓の脆《もろ》い
陽ざしを浴びながら
寝椅子に休んでいると
山茶花の垣根隠れに
鶯の笹鳴きを聞く
尾羽立て　枝渡りしながら
歌の練習をしている

鶯のあまりの下手な歌声に
読みさしの文庫本を閉じ
つい耳をふさいでしまう
わたしの嚔《くさめ》が聞こえたのか
彼女はとなりの家の竹藪に
飛び移ってしまった

公孫樹《いちょう》の木影で
上手な老鶯《ろうおう》の歌がする
　歌はこうして唄うのさ
笹鳴き娘におしえている

一所懸命

長い冬籠りから
ようやく抜け出し
久しぶりに沢風が冷たい
朝の土手を歩いてみる

つい先日まで
一面の枯草だった土手には
もう新しい芽が吹いている

ふと耳をすますと
わたしの足元の雑草に
雀が隠れていて
啼きながら
虫を探している

巣立ったばかりの
雀の雛だ
逃げ回る虫螻《むしけら》を
　コラ　マテ
　　マテ　コラ
一所懸命に追っている

五位鷺《ごいさぎ》　一

丘の高みに
教会らしい
尖塔《せんとう》が聳え
その高い屋根から
白い煙が一本
真っ直ぐ立騰《たちのぼ》っている

最近
引越してきたばかりの
どこかの国のおひとが
建てた洋館の
煉瓦造りの煙突だ

夕闇のなかで
　ごぁっ
　ごぁぁ
五位鷺が啼きながら
何度も洋館の
上空を旋回し

やがて
富士山に向かって
羽撃き
飛び
去った

五位鷺　二

人通りの少い
裏路の街燈に
黄金虫《かなぶん》が羽音を立て
火屋《ほや》の下を
飛び回っている

闇空を
屋根すれすれを
　ごぁっ　ごぁっ
　ぐぇい　ぐぇい
五位鷺が啼いて渡る

猫が
屋根の上で
へいつくばって
前脚で
五位鷺を狙って
爪を立てている

ごぁっ　ぐぇい
へっちゃら　へっちゃら
猫の頭上を
五位鷺が
おもしろ可笑しく
からかいながら
消えていく

雁《かり》が音《ね》

見返り峠を
手繰る途中
夕月公園で
熄《やす》んでいると

雁が音が
ほぼ　ほぼ
ほぼ　ほぼぼ
渡っていく

峰の撓《たわ》みを
横一列に
撓みながら
群青空に

ほぼ
ほぼ
ほぼ
ほぼぼぼ

呑まれて
い
つ
た

鶴《たずがね》

途方もなくでっかい
真っ赤な西陽が
峰の撓みの

鉄塔につかまって

ヒュルル
ヒュルルルウ
うたっている

鶴が
高圧線に触れぬよう
無事に渡りを果たせるよう

ヒュルル
ヒュルルルウ
利《り》発《はっ》な西陽が
高圧線を揺らしながら
鶴に注意を促《うなが》している

時鳥

遠い
峠の
その向こう
森の
谿間の
まだ向こう

ずっと
彼方《あなた》の
あちらから
たった
一声《ひとこえ》
届くだけ

ことしも
わが家の
庭の木に
渡ってくるよと
かたい誓い
交わしたのに

空の
みちを
迷ったか
それとも
わが家を
忘れたか

果てない
彼方の
山向こう

幽かに
一啼き
届くだけ

迷いうた

風音が
小夜中《さよなか》に
鳴きあぐるのを
耳を澄ませて聴く

山を越え
谿を渡り
野を滑り
　こう　ごう　ごおぅ
北風を聴く

峰向こうの
籠坂のその向こう
　こう　ごう　ごおぅ
疾り来る
北風の鳴き節を聴く

裏富士の
駒形筋から
　こう　ごう　ごおぅ
駆けてくる
北風婆あの　迷いうた

庭景

袖垣をこえ

庭に入ってきた
黄色い《きいな》蝶が
　はらはら
　はらひら
たゆたっている

下草のどこかで
　ちょんぎいす
　ちょんぎいすう
畳んだ翅を重そうに震わせ
螽斯《きりぎりす》がさむしく鳴いている

手水鉢《ちょうずばち》の蔭で
飼猫が他所《よそ》猫と
半時も
ずっとずぅっと
唇《くちべり》を吸いあっている

晩秋

落葉松《からまつ》の実は
小さな薔薇の
葩《はなびら》のよう

松ぼっくりを
口にあてると
山の少女子《おとめ》のにおいがする

足音が
静かさに吸い込まれる
林道をゆく

落葉松の
落葉に埋もれた

一本の径をゆく

蹌踉《よろぼ》いながら

街燈の下を
雨にしょぼ濡れ
おんなが一人《ひとおうり》　雲間の
細長い月影と一緒に歩いている

すれちがいざまに
おんなは素跣《すはだし》で
しゃくりあげている
のに気づく

山裾《くんだ》下りから
生微温《なまぬる》い小夜《さよ》時雨が降りてきて

何処へゆけというのか
わたしに何をせよというのか

誰からも
零落《おちぶ》れ歩きがよく似合うと云われ
帰ってゆける場所が
何処にもないわたしに

街燈の下を
おんなが一人
傘もささずに
蹌踉いながら

夕蟬時雨

みいゆん

みいゆん
みいゆん
みいゆん
熱湯《にえゆ》の雨

みいゆん
みいゆん
みいゆん
みいゆん
千万《ちよろず》の雨

みいゆん
みいゆん
みいゆん
みいゆん
心悲《うら》しく

みいゆん
みいゆん
みいゆん
八釜《やかま》しく

みいゆん
みいゆん
みいゆん
みいゆん
鳴き集《しげ》く

みいゆん
みいゆん
みいゆん
みいゆん
昼寝奪う

みいゆん
みいゆん
みいゆん
みいゆん
夕蟬時雨

雨季に入ると

誰かが
確かに
自分を
見てる
夜半に

なると
必ずや
誰かが

我家に
忍んで
板壁の
穴から

部屋を
執拗に
凝っと
窺《うかが》って

街燈が
赤々と
我家を

照らし

部屋の
なかの
自分を
守って

くれて
いるが
夫《それ》とは
べつに

雨季に
入ると
確かに
誰かが

自分と
よおく
似てる
他人が

驟雨に
濡れて
慄えて
凝視《みて》る

ふるる
ぶるる
慄えて
凝視る

未刊詩集『続　猟犬チビに捧ぐる詩《うた》47』全篇

元旦　一

屠蘇《とそ》の
盃をチビと
一緒に呑む
わたしだけが
赤らむ

元旦　二

独楽《こま》の
ひもが解《ほど》けて
独楽が

回る　回る
それを目で
追っていたチビが
　どて～ん
地べたに倒れた

元旦　三

襟巻
のような
富士雲を
　自分《ぼく》にも
　巻いてほしい
チビにねだられる

元旦　四

テレビ画面の
年越し疫病《コロナ》に
もう
好《い》い加減に
せんかい
チビが吠えついている

元旦　五

一《ひ》い　二《ふ》う
三《み》い　四《よ》お
五重《いつえ》に七重《ななえ》……
二《に》十一《じゅうひ》　二十二
二十三　二十四お……

白足袋に
ぽっくりを履き
追羽根を突く
どこぞの大店《おおだな》の
お嬢たち

時代劇ビデオを
観ていたチビ
今度はどうやら
首筋を痛めたらしい
首根っこをさすってやる

写真

土間に敷かれた
座ぶとんに子犬が
前脚に顔をのせ
ぬいぐるみのように眠っている
眉の下にちょこんと
豆粒ほどの目がくっついている

花びらに似た唇《くち》が
ぴくぴく動いている
その唇に棒切れをくわえ
地面に母犬の似顔絵を描《か》いていた
これがわが家に
はじめてやってきたときの
チビの十五年前の写真だ

散歩

チビが
わが家にきて
初めての散歩

ううっ
わ　わうっ

脚を踏ん張って
総毛を逆立て
若い者《もん》に吠え掛けた

ちっくいのに
おれに吠えるなんて
体《てい》した犬《やつ》よ

大店の若旦那だ

真夜中に

チビが
縁の下で
前脚に顔を埋め

むむむ
ぐぐぐっ
妙な唸り声を洩らした

今夜は
姉弟《きょうだい》犬の
夢でも見ているらしい

夢に吠える

夜半に
居間の雨戸を
山風が叩く

くぅーん
きゅん　きゅん
ううっ　わっわん

縁の下で
猟犬《チビ》が
夢に吠えている

先刻《さっき》から

炬燵で
居所寝をしていると
わたしの耳埵《みみたぶ》に甘噛みしながら
チビが歯牙《しが》を鳴らしている
わたしから風邪をもらったらしい

夜更けに

チビの
遠吠えで
手洗いに立つ
手水鉢《ちょうずばち》の水を
手で掬ったとき
月が　小窓から

わたしを
覗き見して
にたにた笑っている

チビの敷布団

犬舎で
寝ている敷布団は
どこかの田んぼで
案山子が着ていたのを
剝ぎ取ってきたのだと
チビは嘯《うそぶ》く

そんなはずはない
物干し竿に吊るした
娘の浴衣が
風に飛ばされたのか
だれかが持ち去ったのだと
いま家では大騒ぎしているところだ

日の玉

路地に腹這い
両の前脚に顔を乗せ
チビがぼんやり
西の空を眺めている

　あの日の玉は
どうして地面に落ちないの
　遠くの山の果ての
どこに隠れてしまうの……

一夜が明けると
また東の空に日の玉が
ひょっこり現れるのが
チビには不思議でならない

そんなチビを抱きしめる
　ぶるるう
　きゅうん――
軀を震わせ
わたしにすがって目を閉じる

豪雨

プールの水を
ひっくり返したような
豪雨が降り続く
まだ当分止みそうもない

雨空を見上げ
チビがたずねる
　空にはまだどれだけ
　水が貯っているの

返事をせずに
わたしも雨空を仰ぐ
　あの水は誰が
　どこから運んでくるのかなあ

犬舎でずうっと
雨空を見上げるチビ
やがて眠気に誘われ
狐狗狸《こっくり》をはじめる

嚔《くしゃみ》

二階の部屋の
肘掛け窓から
富士山の雪煙を眺める
仄暮れ刻

隣の家の垣根から
沈丁花《じんちょうげ》の甘い薫りが漂い
思わず一つ嚔する

土間に寝ている相棒《チビ》も
唸りまじりの嚔する

鵺《ぬえ》が
近くの杜で
　ひいいい
　　ひよおぉ
わたしを真似て嚔する

軒先の
しまいわすれた風鈴も
しなり　くんなり
嚔する

このみち

四方が
山に囲まれた集落
細長く走る　一本みち

空が白んでも
まだ人通りがない
街道裏の文教通り

今朝も
浅間さんに向かって
チビといつもの散歩に出る

　明日の朝は
別の道を歩こうよ

チビの声にうなずく

が、朝になると
森林沿いのこのみちに
つい足が向いてしまうのはなぜだろう

ののさま　一

屋根に
のったり
ののさまが
坐っている

チビが
　うをん
　　うをぉん

吠えている

屋根から
　降りよ
　　降りよ
吠えている

ののさま　二

富士山《おやま》の
てっぺんに
坐ったののさまを
愛でながら
縁側で　チビと
亥の子餅を喰う

雨の日も
雪の日も
お月見できるといいね
チビが
ののさまに
指を差す

茱萸《ぐみ》の実　一

小鳥が
おいていった
庭茱萸
今年も
撓《たわわ》に
実った
チビと
熟れた実を
採って喰う

茱萸の実　二

チビの
寝小屋の
すぐわきに
茱萸の大木が植わっている
昨夜から庭で
チビの悶《もだ》え苦しむ
うめき声がする

庭に落ちた茱萸の実が
一つ残らず小鳥に
ついばまれたと思っていたのに
どうやらチビがみな
茱萸の実を喰ってしまったらしい

それで糞詰まりをおこし
今朝までお腹かかえ
悶え苦しんでいたのだ

説教　一

本気で叱ると
チビは項垂《うなだ》れ
両眼に泪をため
軀を慄わせたまま

何をいわれても押し黙っている

泪が前肢に一滴二滴と垂れ
それをぬぐおうともしない
わたしが抱きしめるのを
凝っとまっている

説教　二

散歩中
あまりに行儀が
悪いので叱ると
眼をぎゅうと瞑《つぶ》って
子どもが泣き噦《じゃく》るように
急に悄《しょげ》気だす

仕方なく
可哀想だから
お八つを与えると
うす笑いを浮かべながら
けろりと泣きやんだ

さあ　説教は
このぐらいにして
散歩を続けよう

ってわたしに云って
よいしょと立ち上がった
わたしが説教をされているようだ

今夜も　一

チビが
土間に坐って
わたしの朗読を
目を閉じ聞いている

途中で
大欠伸をし
左の前脚で
耳の後ろを掻きだした

朗読は
もうこの辺で
お仕舞にしよう
と云う合図だ

今夜も　二

窓いっぱい開け
闇富士に向かって
詩を朗読する

また始まったか
と云わんばかりに
ちらっとわたしを横目で見る

前脚の間に
顎を埋《うず》め
もう鼾《いびき》をかいている

今夜も　三

チビの
夕飯のおかずは
今夜は好物の卵焼き

卵焼きと知るや
すっと立ち上がり
巻き毛を振り
きゅんと甘えて
生唾《なまつば》を呑みこんだ

行儀よく
前脚そろえて坐り
わたしを見上げて
いいこいいこするのは

こんなとき

今夜も　四

土間でチビが
小魚の煮干しを
喰っている

遠くで
入相《いりやい》の
鐘が鳴る

チビには
耳をつんざかんばかりの
騒音だ　一瞬　目を閉じる

今夜も　五

町に散歩に出る
人の素振りや物腰で
意を解せるチビ

迷惑そうに
鼻をひくつかせながら
道往くひとを睨んでいる

今夜も　六

裏店《うらだな》にひとり
ひっそり暮らす
ご隠居さまと

何か話をしている

尻尾を振り
甘えた声で
　きゅん　きゅぅん
と鳴く

おお　そうか
私《わし》の言葉を解せるとは
まことに賢い犬《やつ》だ

ご隠居さまに
今夜もチビが
頭を撫ぜられている
わたしへのおみやげに
菓子袋をくわえてくる

迷い犬　一

背中も
尻も　腿も
両脛《すね》も腫れている
眼を閉じ軀が細かく震えている
熱があるせいだ　が
いい按配に温和しく木陰でよく眠っている

血が滲んでいる疵口には
よく効く軟膏があったので
それをそっと塗ってやる
チビは犬舎の中で横になり
目を細めて迷い犬を心配している

迷い犬　二

山道を蹌踉《よろよろ》よろり
すべり降りてきて
わが家の庭の
チビの残りものを喰っている
水をなめている

けものに襲われたのか
猟師に捨てられたのか
目のまわりに薄墨で
輪っかを描いたような丸い痣《あざ》

頬は腫れ上がり
くちびるの端が切れて
血がかたまっている

肋骨がひどく浮き出た
傷だらけの牡の迷い犬だ

チビが犬舎の中で
両肢に顎をのせ黙って見ている
　お腹すいているなら
こっちにも食べものあるよ
チビの眼が迷い犬に
そう云っている

迷い犬　三

一晩ずぅっと
チビの犬舎で
丸太ん棒みたいに
転がっている

彼の軀じゅうの
痣《あざ》や疵口を心配し
チビが迷い犬に
何か話しかけている

ささくれだった
くちびるを舐め
迷い犬が
べそべそ泣きながら

誰も探しにこないさ
探してもらおうなんて
了見が甘いさ
チビに返事《こたえ》ている

迷い犬

四

軀の傷は
少しずつ癒え
日が経っても気丈なようだが
折れた心は元に戻らぬらしい

すっかり
打ちのめされた
迷い犬を　チビが
慰めたり　励ましたり
叱ったり　褒めたり

あの手この手で
支えてやっているのがわかる
人が嫌いなのか　怖いのか

わたしの手から
餌をとらないので
そっとそばにおく

迷い犬　五

迷い犬が
わが家にきてから
十日目の深夜
チビの悲し気な
鳴き声に目覚める

雨戸を開けると
庭の外の坂道を
長い影を引きずり
迷い犬が後ろを振り返り
振り返りしながら
チビと別れの言葉を
交わしている

すっかり
元気になった迷い犬
これから飼主探しの
旅に出るのか

チビの挑戦　一

雪解け水に
もまれながら
堰に飛び跳ねる大きな鯔《ぼら》

その鯔を摑み捕ろうとして

チビは深みに嵌《はま》り
一ど溺れたことがある

今度こそ
失敗は許されぬと
土手の上から

沢向こうの群青富士に
飛び移ろうと助走を繰り返し
確《しっか》り距離を測っている

チビの挑戦　二

驟雨の
後の濁流が
逆巻きながら

押し流れてゆく暴れ川
水皺《みじわ》に浮かぶ
月を獲ろうとして
彼は濁流に二ど呑まれ
溺れたことがある

今回は
慎重に距離を測《と》って
やっとこさ向こう岸に
飛び移ることができた

チビが向こう岸で
勝ち誇ったように
自分と同じように
　川を飛び越えよ
わたしに吠え立てている

チビの挑戦　三

ベランダから
屋根によじ登り
天の川に
飛び移ろうとする

何度やっても
無理だというのに
　やってみなけりゃ
　わからないさ
そう云って
今夜も屋根に登って
天の川との間合を測っている
屋根から
転げ落ち
失敗ばかり繰り返している
誰に似たのか
頑固で　大袈裟で
本当《ほんと》に没分暁漢《わからずや》だ

ご褒美《ほうび》

ゆんべは
夜中じゅう
縁の下でチビが
何か獲物を追う音で
半途《なかなか》眠れなかった
朝おきると
玄関の上がり端《はな》に

家鼠《いえねずみ》が二匹転がっていた
わたしに褒めてもらいたくて
これ見よがしと獲物を
框《かまち》に置いておくのだ

チビは犬舎のなかで眠っている
名前をよんでも　食器を叩いても
耳朶《みみ》を少し動かすだけで
猟のあとは疲れてよく眠るから
そのままそっとしておくしか手がない

陽がようやく
屋根の上にきたとき
庭から　聞こえよがしの
チビの大欠伸が届く

今朝の獲物のご褒美に
大好物の鶏肉《チキン》入りお菓子を
わたしにお強請《ねだ》りするのだ
尾っぽを千切れんばかりに振っている

荒猪

だれもが恐がって
地震のように揺れ動く
丘の森には近寄らない
あの森にはいくつも
深く掘った横穴に
大猪が隠れ棲んでいて
猪は獲物を捕るときだけ
巣穴から地を揺らしながら出てくる

あちらこちらに開けた

胴周りほどの穴道を
荒猪は往き来するせいか
なかなか人前には巨体を見せない
無闇矢鱈に人が近づこうものなら
鋭く尖った大牙に突かれ
一瞬にしていのちを落としてしまう

家にやってきた猟師から
話をずっと聞いていた猟犬チビ
やおら瞬時《すっ》と立ち上がり
わたしがあれほど止めたのに……
大猪の顔だけでも
鳥渡《ちょっと》見てくるといって
犬舎を出ていったまま
もう一週間もすぎている

チビの遺言

雪の日の獣狩《ししがり》で
怪鳥のようにチビの軀が
宙を舞い　獲物に立ち向かった
が、切り立った崖の上で
荒猪《あらじし》と対かいざまに深疵《ふかで》負い
暁《あ》けがたの猟場を
真っ赤な血で染めた

ああ　それが
わが家の猟犬チビの最期であった
　本当《ほんと》は死にたくないけど
全部《みな》がいきていたら
　あふれちゃうからさ
息も絶え絶え

強気な言葉を吐きながら
わたしに看取られながら……
生涯百十篇の詩《うた》を遺して――

チビの閉じた瞼に
朴の葉っぱが　ひらぁり
一片《ひとひら》　舞い落ちた
細いおぼろの夕月が
チビの骸《むくろ》を撫ぜていた

狼の如く
自由気儘に
山野を疾駆し
鋭い三角目で
一気に獲物を仕留め
武士のように
たけだけしく図太く

大胆不敵に生き抜いたチビ

飼い主を
自分で選んで
わたしに決めた
信頼するほど従順で
ずうっと裏切らずに
応えてくれた相棒

窓を開けると
誰も寄せつけなかった庭の陣地
そこにはもう彼はいない
彼《やつ》の好きだった
峰桜の木の根元に
明朝　埋葬してあげよう
「チビの墓」と石に刻んで

屋敷廻り

庭の隅に
腹を膨らませた
ど太い屋敷廻りが
身動きできぬまま
とぐろを巻いている
おとなの腕ほどに膨れた縞蛇《しまへび》だ

池の鯉を呑みこんでいるらしい
近頃、鯉の数がめっきり減ったのは
縞蛇《やつ》の仕業だ
棒で叩きのめして崖向こうに
放り投げたいところだが
いまにもわたしまで呑みこもうと
鎌首をもたげ怯《ひる》むどころか
凝っと睨《ね》めつけるので
手も足もだせない

わが家の猟犬チビが生きていたら
造作無く蛇を退治してくれようが
そのチビはもういない
庭の桜の木の根元に眠っている
チビがいなくなってから
このごろ矢鱈と蛇《くちなわ》が
我が物顔で屋敷の廻りを這っている

番犬ゴン

せまい犬小屋に
大きな図体を縮めて
お前は目を閉じぐっすり

泥のように眠っていた
わらじを裏返ししたような顔して

雨にぐっしょり濡れて
庭に出ていつまでも
軀の芯まで冷やしちまって
わたしの帰りを待っていたのだ

夜半に帰宅したわたしを
見て見ぬ振りして
尾っぽだけが小屋の中で
パタパタ音を立てている
顔を向こうに向けたまま
知らん振りして

彼は近頃
何本も歯が抜け落ちて

食事も残すようになった
散歩にもあまり行きたがらない
小屋の中で　おもらししたり
ウンチしてしまったり

わたしにちょっぴり
すまなそうな顔して
軀を伏せたまま　後脚を少し立てて
そのウンチを直隠《ひたかく》そうとする
気にすることはないのに
老いたのはお前だけではないのだから

先に荒猪と戦って逝った
勇猛果敢な猟犬チビとちがって
お前は十五年間もずうっと
我が家の留守居番をしてくれたのだから
今度はわたしがお前の介護をする番だ

老犬　一

豆腐屋の
喇叭が来
夕刊が配られ
街燈が灯り
時雨が
屋根を打ち
転がる

薄汚れた
虎斑《とらまだら》の
痩せた
甲斐犬《いぬ》と
街外れの
四辻《よつつじ》で
出会う

尾っぽだけでなく
後脚も少し
引き摺っている
わたしが
闇に呑まれるのを
ずぅっと
見ている

老犬　二

いくつもの
どろんこ
ぬかるみ
水たまりを

やっと飛び越え
ほっとする

飛び越えた
水たまりを
振り返り
よく飛び越えたと
自分をほめる

帰ってゆける
場所がないので
また軒先で
雨やどりする

長いわだち坂を
　なんだ坂　こんな坂
　なんだ坂　こんな坂

自分を励ましながら
やっとこさ上る

老犬　三

陽が山に傾き
道端に祀《まつ》られた
お地蔵さまの影も長い
家並みが切れたところで
迂路《うろ》を辿っていると
お腹を空かせたきのうの小汚い老犬が
両耳を垂れわたしの後をついてくる

散歩中の犬たちが
見馴れない犬だと知ると
一斉に小煩《こうるさ》く吠えかかる

犬にもそれぞれ縄張りがあるのだ
老犬は振り向くや両耳をぴんと立て
腰を低め牙をむいて唸る
　何をほざくか
　この小童奴《こわっぱめ》が
後脚で砂を蹴り上げ
火炎のような一睨みを浴びせ恫喝する

悪戯な彼らは
きゅんと小さな悲鳴を上げると
尾っぽを巻き一瞬にして退散した
　ワシはこのご仁と
　先を急ぐのだ
　無駄にお前たちと
　関わっておられぬわい
老犬がそう云って
わたしの後をついてくる

老犬
四

道路の片側を
長い尾っぽを垂れ
昨日の小汚い斑犬《ぶちいぬ》が
よたよた彷徨《うろつ》いている
数匹の飼犬が彼の後を
禍々《まがまが》しい目付きと足取りで追ってくる

彼は自分をつけてくる数匹を
立ち止まって小煩《こうるさ》そうに振りむく
自分に吠えかかる飼犬がいると
迷惑そうに睨みを利かせる
が　相手が執拗につきまとうと
態度を一変させる

耳をつっと立て
尾っぽを杲《たか》く巻き上げ
鼻に深皺を寄せ　腰を落とし
彼等に猛然と襲いかからんとする
相手はそれに恐れをなし
一瞬にして弱腰になり
悄々《すこすこ》と引き下がった

老犬《かれ》は自分の
本当の強さをひけらかし
最初から飼犬の前を
堂々と歩けばよいものを

今日も公園のベンチに坐り
文庫本を読んでいると
老犬は地面に顎をつけ
長々とわたしのそばで寝そべっている

この先ずっとわたしの後を
ハイエナのように追ってくるのか

老犬

五

首と長い尾っぽを落とし
しょぼくれた貧相な
ひょろひょろ歩きをしている
もう何日も飯を喰っていない
お薦《こも》さんのようだ

町のあちらこちらで
餌肥《えさぶと》りした飼犬に出会うと
彼には吠えもしないで
今日は見て見ぬふりしている
喧嘩を売っても

端《はな》から勝ち目がないことを知っている
わたしは買物を終え
町筋をいくつも曲がり
家路を辿ると
もう闇が地を這っていた
木枯らしが闇の野面《のづら》を吹き渡り
昨夜から降り積んだ雪が
電燈の明かりで仄白く光っている
夜烏《よがらす》が電線をつかみ
牝烏をよぶのか
　嬶《かか》あぁ
一啼きする

帰宅して
明かりを点すと

ほつほつ　斑雪《はだれゆき》が舞い
窓硝子の向こうの
電柱の下で　老犬が
霙《みぞれ》に濡れそぼっている
わたしの家の窓明かりを見ている

老犬　終章

吹雪の
なかを
街に向かって
うらぶれ歩きをしているのは
あの宿無し犬だ

歩道の
わたしと目が合い

近づいてくる
目を細め
まばたきせずに
わたしを凝っと見上げる

両手を差しのべると
わたしの手の平に
濡れた頭を載せ
そっと目を閉じた
睫毛が凍りついている

　可哀相だが今のわたしは
　お前とは一緒に住めないよ
言葉が解るのか
老犬はゆっくり目を開けると
わたしを振り返りながら
橋桁の寝座《ねぐら》に向かって離れていく

未刊詩集『月見草』全篇

暦館《こよみやかた》のお方さま
――東椎路のお方に捧ぐ小夜曲《セレナータ》

三嶋大社
参道わきの
奥御殿
　気高き
　暦館の
　お方さま
　　見目も
　　容貌《かたち》も
　　淑《しと》やかで
　　　声は
　　　なよやか

艶やかで
立居
振舞いにも
気を配り
神木
金木犀の
薫りする
生まれは
東椎路の
お嬢さま
誰《たれ》もが
一どは
逢いたがる
三嶋
暦館の
お方さま

めんこい

暦館の
屋根に
おぼろ月《づく》が
にたにた咲《わら》って
浮いている

大社近くの
源兵衛川から
舞ってきた
姫螢と
会話《はなし》している

暦館の
お方は

ほんに
可愛《かわゆ》い
女子《おなご》よのう

姫螢が
応える
ほんに
めんこい
女子です

のんのさま

上弦の月が
富士傾《なだ》りを
自由《じゆ》っくり
滑り下りてゆく

しゃくり顔の
開耶《さくや》姫《ひめ》のような
忍びやかな
のんのさま

どこかで
見憶えのする
眶《まなじり》 ゆかしき顔《かんばせ》だ
と思ったら

なぁんだ
三嶋暦の
ほんにやさしい
のんのさま

三嶋暦

なんでも
願いが叶うから
そう云われてもらった
来年の三嶋綴り暦

さっそく
お茶飲みの日を
勝手に決めこんで
暦の空欄に
喫茶店の名前と
逢う時間を書き入れる
相手の都合も聞かないで

一月から
十二月までの
逢う日が
少しでも遠退《とおの》くと
鬱《うつ》になるので
日程を早め早めに
決めこんで書き入れる

暦から
吉日をしっかり探して
書斎のいちばん
大切な場所に
誰にも見られぬよう
三嶋暦を吊るしておく

鶺鴒《せきれい》

鶺鴒に
お方は
元気か
たずねると

尾羽
上下に
　元気
元気
と地を叩く

病気
せぬかと
たずねたら

せぬよ
せぬ　せぬ
尾羽打つ

意地悪

朴《ほお》の
梢の
夕月に

お方に
いつ逢えるかを
たずねたら

　ワシには
わからぬ

風に聞け
風に問うたら
朴の梢の
月に聞け

ああ
月も　風も
何と意地悪な

ぽぴん（ビードロ）

旅のみやげに
もらったフラスコ形の
ガラス玩具　ぽぴん

細長いガラス管の首くわえ
息を出し入れすると
ぽぴん
ぽっぴん
鳴る

面白可笑しく
また吹くと
ぽぺん
ぽっぺん
とも聞こえる

遠い果て地の
浜路の女《ひと》の
顔浮かべ
ぽぴん
ぽっぺん

笛を吹く

笛

薄黄《うすぎろ》な
卵の殻に似た
鳥の子色の
木笛を吹く
　フオゥ
　フオォゥ

目を閉じ
一心に
　フオゥ
　フオォゥ
涙まじりの

笛を吹く
雲の果《はたて》の
その向こう
海の香りの
佳容《かよう》のひとの
真心みやげの
笛を吹く

手巾《ハンカチ》　一

本棚の抽斗《ひきだし》から
螢が舞った木綿の
刺繍の手巾が出てきた
むかあし　映画に誘われて

ぼくが一齣の場面《シーン》に
泪をぬぐえずにいたとき
そっと手わたされたのが
そのひとの名前入りの手巾だ

いちどだけ
ぼくの部屋にきて
そのひとが炊いてくれたご飯を
一緒に食べたことがある

手巾　二

街はずれの
路地を入って
どんつきの小さな軽食店《スナック》
わたしは中鉢の
茹でうどんを啜っていた

となりにいたそのひとは
顔を赤らめながら
バッグからま新しい手巾を取り出し
わたしの口のまわりを
そっと拭いてくれた

――あのとき
いつもの持ち合わせの
あなたの匂いのする刺繍《ししゅう》の
手巾で拭いてもらいたかった

何年かして
道で出会い
それをそのひとに伝えると
　もう忘れました

一言残して離れていった

手巾　三

だれかに
そばにいてほしい
身も心も萎えて
ひどく悲しいとき
書斎に籠もって
手巾の木の写真を見る

卵形で
淡黄色《クリーム》の
苞《ほう》の頭花の
高木写真を凝っと見る

苞を手巾に見立てた
手巾の木の名前の由来を
指先を頰にあて
疑問《はてな》　疑問と考える

千本松原近くの
おひとからもらった
まっ新な手巾を
机の上にそっと拡げながら

渚うた

誰《だあれ》もいない
片浜海岸の
太い松陰で
女が　ひとり

沖合を眺めている

海面には
白波が立ち
釣舟が
波間に
浮き沈みしている

黒髪に
手をあてがい
女が　蹌踉《よろぼ》いながら
口遊《くちずさ》む
渚うた

夕泥《ゆうなず》む
松の上枝《ほつえ》で
磯ひよどりが
渚うたを
上手に真似ている

シュゥラ
シュゥララ
シュゥラララ
そっくりそのまま
真似ている

何さけぶ

夕栄えの
遥かな
潮路を
船がゆく

さびしみいろの
けむり吐き
白い小さな
船がゆく

打ち寄せる
波の穂先に
夕波千鳥が
群れて飛ぶ

さざ波に
膝うえまで洗われながら
白い小船に
さけぶひと

わびしらの
爪嚙むひとよ

遠くの小船に
何さけぶ

何思う

口伊豆の
澄みわたる
蒼い渚の滄浪《そうろう》に
陽炎が立ち

御用邸の
松の数ほどの
浜千鳥が
牛臥海岸にあそぶ

遠く

愛鷹山の
肩のあたりに
赤富士が浮き

夕闇が
あたりを
閉じ籠める
潮騒のさと

ああ　さびしらの
浜路のひとよ
夕彩《ゆうあや》の
空を仰いで
何おもう

油絵

静浦の
波の背に
ゆられてゆれる
逆さ富士

その波富士を
描いた漁師から
やっと買い求めた
一枚の油絵

絵の隅っこに
ちょっこり
わたしの山里が
描かれている

部屋に
それを飾り
わたしを思い浮かべていると
聞いたことがある

この頃
そのおひとから
半切紙《たより》が届かない
まだその油絵が
部屋に飾られているだろうか

山の詩人　一

夕浜に
寝て
宙《そら》を見る

山の詩人の
顔に似た
雲が行く

落葉船に似た
片割れ孤月の
雲が行く

目を閉じると
砂路を独り流離《さすら》う
山の詩人

調子っぱずれの
果敢無歌《はかなうた》が
聴こえる

山の詩人　二

今沢の
磯に
来て

白砂に
山の詩人の
名前を書く

波に
消されても
消されても書く

山の詩人の
戦国の世の
変梃輪《へんてこりん》なお城の名前

波に名前が
さらわれるのを
見届けてから

さびさびと
さびしき道を
さびしみながら

小松林の
縁道《へりみち》を
ゆうっくり帰る

松ぼっくりを
唇《くち》にあてながら
夕星道《ゆうつづみち》を帰る

山の詩人　三

江浦《えのうら》の
海から
しよしよ
しよしよ

糸を
縒《よ》るような
波音が
届き

山の詩人から
もらった
風鈴が
心《うら》ぶれながら
しよしよ
しよしよ
真似て
唄っている

窓から
山の詩人の
風貌《みなり》の風雲が
のぞいている

山の詩人　四

沼津港の
防波堤《びゅうお》に
打ち寄せる

夕波に向かって
詩人の名前を呼ぶ

いつもの
おとなしめの語り癖で
山の詩人の名前を呼ぶ
波音におとなし声が消されて

近頃　気がかりなのは
海の詩ばかり書いていて
山の詩が書けなくなった
山の詩人の名前を
声の限りによんでみる

何度もなんども
海にさけぶが
波頭《なみがしら》は知らぬふり

すっかり声嗄《が》れがして
夕闇の浜みちを急いで帰る

山の詩人　五

喫茶店で
　海の詩も書いてほしい
　無理でしょうね
云われたことがある

書けるさ
書いてみせるさ
書斎に閉じ籠もって
一気に海の詩　十篇を綴る

どうだ

山の詩人だって
海の詩を
書けるぞよ

おやめよ 一

潮風が
しゅしゅ
しゅゆゆ
窓を吹き

砂浜の
小石を
そっと
唇《くちべり》にあて

鬢《びん》のほつれに
手櫛《てぐし》入れる
侘しらの
ひと

今宵も
地酒を舐める
手弱《たよわ》きおひと
　小指噛むのおやめよ

おやめよ 二

宿の
二階の
ひじかけ椅子に
深く埋まって

御殿場柴怒田酒《しばぬたざけ》を
唇にはこぶ

ほおの
なみだを
ぬぐいもせず
峰風に
なぶられ
噦《しゃく》るだけ

山小屋の
とぼしびが
　泣くのをおやめよ
云うけれど
おひとは応えず
噦るだけ

おやめよ　三

淋《さむ》しくなると
夜を待たずに
　すぐに
　呑んでしまう
云うていた

おなかすいたので
夕食のおかずあれこれ
用意していたのに
ああ　昨夜《よんべ》も
夕飯まえに
また呑んでしまったと

背中を屈め

目元を拭い
長い睫毛が
涙で濡れ濡れと
光っている

明日こそ
呑まずにいようと
決めたのだから
今夜こそ呑むのは
　おやめよ
　もうおやめ
云うてみる

やめましょう 一

できるだけ
遠くにゆこう
と云ったら
できるだけ
　近くにしましょう
と云うた

遠くに
ゆくと
夢が
遠くに
いってしまうから
と云うて

だから
遠くに
ゆくのは
　やめよう

やめましょう
またまた云うた

やめましょう　二

椎路の
桜並木に
立って
胸いっぱいの
花かぜ
吸いこみながら
富士に対って
唄っている

ぼくの
創った

譚詩曲《バラード》
唄っている
つらかった日の
何もかもわすれて
ああ陽気になって
声たからかに
唄っている

そんなに
陽気になるのは
はしゃぐのは
　おやめよ
もう　おやめ
云ったら
　やめよう
　やめましょう
本当《ほん》にすなおにうなずいた

やめましょう　三

何も
かも
似てるから
おもしろいね
って云うたら

何も
かも
似てるから
おもしろいね
ってこたえた

何も
かも
似すぎてるから
本当は
おもしろくないね
って云うたら

何も
かも
似すぎてるから
もう　逢うの
　やめよう
　やめましょう
って変梃輪《へんてこりん》な
返事が返ってきた

へんちくりんな

星の
数ほどの
絵に画いた
願いごと
一つびとつ
叶えてくれた

その願いごと
一つびとつを
日記帳にしるして
それをぬりつぶしていく
それだけが
生き甲斐だった

が　もう叶えて
あげるものがないから
ほんのちょっくら
お離別《わかれ》しましょう
なんてへんちくりんな
半切紙《てがみ》が届く

一緒に
迂回道路《バイパス》沿いの
桜並木のぼんぼりの下を
花見歩きしようと云っていたのに
それだけをたのしみに待っていたのに

鼈甲《べっこう》飴

一

逢っても

中々お喋りしたがらない
貝のようなひとから
塩入り鼈甲飴をもらう

熱中症にかからぬよう
流行病《コロナ》にも
冒されぬようにと
厚めの布マスクも一緒に

鼈甲飴が
あまりに美味しいもので
町じゅうの駄菓子屋を探すが
どこにも見つからない

今いちど
鼈甲飴が舐めたいと速達出しても
貝のようなひとからは返事がない

昔のようには中々便りをもらえない

鼈甲飴　二

澄んだ双眸《ひとみ》に
鼻筋がとおり
色白の細身の
なんとなよやかな
月見《つきみ》草《ぐさ》のよう

目が醒めて手元の
一枚の写真を見ると
夢のなかのおひとに
生き写しだ
旅のおみやげに
鼈甲飴をくれたおひとだ

喰いにゆく

電話で
喉につかえづかえ
　ご一緒
　してほしい
云うと
喉につかえづかえ
　ご一緒
　します
遠地のおひとから
返事もらう
御殿場《みくりや》から
籠坂抜けて
甲斐のくにへ
幅広厚みの
餺飩《ほうとう》うどんを
喰いにゆく

羊羹《ようかん》　一

お菓子で
いちばん好きなのは
　羊羹よ
ときいたことがある
その言葉を
不図《ふと》思い出し
今夜こうして
やってきたのさ

虎屋の羊羹
たずさえて
しょこしょこ
遠いまち下《くんだ》りまで
一棹《ひとさお》の
切り分けた厚さが
三センチもある羊羹を
ふたりはお茶うけに頬張る

美味の広がりに
舌がとろけ
頬が落ちることとって
本当にあるのだ

羊羹　二

商店街の
脇道を左に折れ
ようやく見つけた
お洒落で灰殻《はいから》な喫茶店
ふたりのほかに客はいない

山里では
どこにも売っていない
やっとこさ手に入れた
虎屋の羊羹を手みやげに

わたしの鄙《ひな》言葉に
あなたは戸惑い
客もいないのに

周りを気にしながら
こちらのお喋りに頷くばかり

珈琲《モカ》をお代わりついでに
店主《マスター》の許しを得て
虎屋の羊羹をふたりで喰う
甘党だとは聞いていたが
わたしの分まで平らげるなんて

急にお喋りになって
羊羹のあまりの美味しさに
子どものように燥《はしや》いで
笑い上戸《じょうご》になるなんて

加須底羅《カステイラ》

欅《けやき》が
粧《よそお》う年の瀬の
約束の
喫茶店で
三時間余り
浜路のおひとの
来るのを待つが
やってこない

この店の
加須底羅は
　どこの店よりも
　評判で美味しい
そのひとが云っていた

その加須底羅を
一緒に喰うのをずっと待つ
珈琲のお代わり何杯もして

が
一緒にこの店で
はたして逢うことを
約束していただろうか
日程表と時計を確かめる
日程表は空欄である
だが
閉店まで待つことにする

閉店ま際になって
加須底羅注文して
それを一人で喰う
喰うが

味はよくわからない
それでも
もう少し今少し
そのひとを待つことにする

埋《うず》み火

深夜に
逢わず仕舞いに
帰宅する

囲炉裏の
埋み火が
　ちろろ
　ちろろろ
わたしを出迎える

早《はよ》う暖まり
　せぇやぁ
云うている

囲炉裏の
窓越しから
暁闇《あかつきやみ》の
孤月がのぞく

椎の実

潮風かおる
牛臥
海岸に
ほど近い

椎路の
お方を尋ね
不在の
帰りみち

からからと落つ
歩道の椎の実を拾う
耳にあてがい振ると
からからと鳴る

椎の実に
淋《さむ》しくないかと問うと
からからと
返事する

椎の実を

振るたびに
からからと
返事する

出会い

項《うなじ》に
息が触れて
振り返ると
涼しい眸《ひとみ》のひとが
すぐ後ろに立っていた

顳顬《こめかみ》に
米粒ほどの黒子《ほくろ》が
鬢《びん》のほつれに見え隠れしている
朗読会場の窓硝子に
わたしの顔が紅く染まっている

朗読会ののちに　一

乳首ほどの
熟れた槙《まき》の
紅い実もらう

朗読会の
復り道
白い手巾《ハンカチ》に包んだ
二粒の槙の実

その一粒を貰って
口に含んで
帰宅する

帰宅してから
まだ口のなかで
溶けていない
槙の実を甘噛みしながら

槙の実の
詩を創って
海辺近くの
おひとに投函する

朗読会ののちに　二

街はずれの
槙の垣根のどんづまりに
昔ながらの
一軒の駄菓子屋があり
その駄菓子屋には
猫を膝にのせた
背中の丸《まある》いばばさまが
いねむりしながら
店の留守居番をしていた

その駄菓子屋から
手造り金平糖《コンペイトー》を
買っての帰りみち
槙の垣根から
紅い実　一粒いただき
浜路のおひとに
今度はわたしからのお返しにと
青い細葉の槙の実と
金平糖をそっと手渡す

朗読会ののちに
そのまま挨拶なしに別れたが
わたしがしたように
浜路のおひとは
乳首ほどの椎の実を
甘噛みしながら
金平糖といっしょに
ぶじ家に着いただろうか

朗読会ののちに　三

朗読会の折に
ゆんべ　丹誠こめて
造ったらしいお菓子
金鍔《きんつば》を二つ頂戴する

料理本を手元に
夜っぴで　粳米《うるちまい》を練って
小豆餡《あずきあん》を包んで焼いたという
京都生まれのお菓子

まちで買ったのとはちがって
少し変梃輪《へんてこりん》な形だが
味は心にしみるできようで
大小ふたつの金鍔

思わぬ甘味に
　おいしい　これは
　本当《ほんと》においしい
もう一つを大事に衣嚢《ポケット》に仕舞う

今回の朗読会は
誰の詩を　誰が

読んだかをすっかり
忘れちまって家に帰る

朗読会ののちに　四

洗濯は
こぎれいにしているものの
ズボンは洗いじわで波打っている
アイロンなどかけたことがない
肌着は何枚もよれよれの
北斎の赤富士の絞り染めを
とっかえひっかえ着ている

朗読会の帰りに
　あなたには
　富士山よりこちらの方が
　ずっとお似合いよ
喫茶店で渡される
あ　これは
銀座の高級デパートの
ショーウィンドウに飾られていた
あの西陣織《にしじんおり》の綴織《つづれおり》だ

さっそく控室で
今いただいた西陣織の
襟飾《ネクタイ》と襯衣《シャツ》を着て
鏡のなかの自分をのぞく
背筋がぴんとはっている
顔の気色《つや》もよく
浮き浮きしながら頬笑んでいる
帰りに本屋に立ち寄って
新年度の日記帳を買う

朗読会ののちに　五

石灯籠わきの
手水鉢《ちょうずばち》の蔭で
風にうなずきながら
ことしも淑やかな
黄色い頭花の
石蕗が咲く

だれかに
そのうなずきぶりが
よく似ていると思ったら
ああ　そうだ
憶い出した

朗読会の帰り路
まちの小さな喫茶店で
お茶喫みながら
ただ一瞬の侘しらに
深く首《こうべ》を垂れる
あのお方の仕種だ

わたしとの会話に
時折　黙《だんま》りを決めこみ
淋しびを浮かべながらうなずく
千本松原近くに住む
あの佳容《かよう》のお方《ひと》の
素振りそのものだ

他愛のないひとに

他愛のない会話をし

他愛のない詩をよみきかせ
他愛のない身の上相談をし
他愛のない出き事を共有し

そして他愛のないことだが
互いの生命《いのち》の洗濯を確《しか》と確認し
たまさかその他愛のない遊戯が
真実の愛であろうとなかろうと

ふたりのこの他愛なさは
どちらかの生命が欠けるまで
この他愛のない問わず語りは
まだまだ続くだろう

この摩訶不可思議な他愛なさは
かたやどちらかの決別のメッセージが届くまで
ふたりが詩を闇雲に口遊《くちずさ》む限り

ずうっとずうっと続くだろう

古城にて

今日も
根方街道筋の
根小屋集落を訪ねる
尾根伝いの
早雲の城址に立って
目を閉じるお方

空堀の中から
甲冑《かっちゅう》を身に纏《まと》った
もののふのうめき声が……
北条軍の
刃《やいば》に散った

武田軍のつわものだ

城の搦手《からめて》から
搦め捕られた敵兵が
武者溜まりに集められ
土塁に囲まれた本丸から
一本の狼煙《のろし》が上がる
虎口《こぐち》で陣太鼓や陣風が逆巻き
法螺貝《ほらがい》が鳴り渡り
雄叫《おたけ》びや勝鬨が上がる

ふとお方の
目蓋の裏に
襷掛《たすきが》けの
長柄刀《ながえだち》を構えた
女将が現れる
口を真一文字に
鉢巻をきりっと結んだ
北条氏の姫君だ

漸く目をひらくと
独り　興国寺城址に
お方は確《しか》と立っていた

わたしは
お方に逢うたび
城址でのできごとを
長ながと聞かされたことがある
彼女はすっかり居丈高な
北条姫になりきっていた
戦国姫の気高さがただよっていた

風信子《ヒヤシンス》

自分の詩に
花の名前を
　つけてほしい
云うので
数ケ月かかって
やっと探した
風信子

あまり
好きな名前では
ないらしい
口をきかなくなった
あなたは　そう
鳥渡《ちょっと》頑固でいい

紫陽花

紫陽花の好きな
紫陽花の薫りする
紫陽花びとに
紫陽花を贈る

午後　電話すると
いま紫陽花につつまれ
紫陽花と対話しながら
紫陽花のお守していると

いや　そうではない
紫陽花と対話するのは
紫陽花にお守をされた
紫陽花顔した紫陽花嬢《むすめ》だ

紫木蓮《しもくれん》

庭の片隅に
ことしも低木で
どの花よりも
開花が遅い
紫木蓮が咲く

花の外側は濃い紫
そのくせ内側は淡い紫
六枚花は半開のまま散ってゆくので
丁度　誰かさんのように
艶姿《えんし》で　実に奥ゆかしい

宵待草*　一

稚《いとけな》い
女《め》童《わら》のように
恥じらいながら

おぼろ
月夜《づくよ》に
咲き薫る

背丈も
お方の
胸あたり

富士
須走の

黄花草

＊　宵待草……月見草と誤称、大待宵草の異称

宵待草　二

夜の
とばりの
おりる刻

草花が
闇に溶け
眠る頃
可憐《いじら》しく
控えめな
淡黄色《レモンイエロー》

甘く
芳香《ほうこう》な
顔ほころばせ

山の少女の
化身のような
似顔花《ば》弁《な》

宵待草　三

天《あま》が紅《べに》の
窓にもたれ
葩《はなびら》が開くのを
直《ひっ》たと観察《み》る

ああ　見目好い
山峡《やまかい》の女子《おなご》の眸子《ひとみ》に
ああもよく似たものよ

そんなことを
窓に片肘をつき
とつおいつ眺めていると
つい夜更ししてしまう

宵待草　四

風と緑と
雲浮かぶ
天空の国境《くにざかえ》
籠坂峠

峰の斜面《なぞえ》の
夕月公園
祠《ほこら》の階《きざはし》で
宵待草が揺れている

日没
待たずに
咲いたばかりの
黄花　一輪

童《わらべ》眼《まなこ》で
微笑みかけるが
旅のおひとは
知らぬふり

宵待草　五

須走高原で
バスを降りると
白いレースの洋傘《パラソル》さして
草叢の中で何かを探している

やっと見つけた
斑《ふ》入り花　一輪
路傍の宵待花片《ばな》
突兀《とっこつ》富士が頰笑んでいる

夢二の女性《おひと》によく似た
細面で眸子が片方ににじり寄った
都会の匂いがする
灰殻《はいから》なお嬢さまだ

宵待草　六

峰先の
小立峠まで
やっとこさ辿り着き
ふと路傍の草叢に
目を移す

早咲き　遅咲き
寝惚け咲きの夕映草
一緒くたになって
あの都会の女性《ひと》の澄んだ眸子が
わたしを凝っと見詰めている

宵待草　七

青嶺《あおね》に
たなびく雲間から
一条の光洩れ

のどかな
空火照《そらほで》りに
草雲雀舞う

草雲雀が
ひいら　ひいらら
夕風を呼んでいる

夕風に
ゆらら　ゆららら

揺《ゆ》る　黄《き》色《ば》み草

宵待草　八

大峰《おおお》の
遥か
向こう

星の
耀《かがよ》う
その向こう

潮風
薫る
浜辺から

今宵も
ゆたにたゆたに
忍ぶ節

たよわき
宵待草の
小夜曲《セレナータ》

宵待草　終章

強《きつ》い空火《そらほ》照《で》りにも
確《しか》と耐えながら
涼やかに　なよびかに
大空に屹立《きつりつ》する彼女

風に向かって
真っ直ぐ伸びる彼女の
あまりの神々しさに頭が下がる
こちらまでも気高な
気持ちにさえなってくる

風に逆いながら
ゆうら　ゆららら
山辺に鮮やかに立つ姿は
遠い果て地のあのお方の生き様によく似ている

そんな宵待草の可憐《いじら》しさに
目を奪われながら
手を伸ばして触れるには
ただ祈るしかない

月見草* 一

夕彩《ゆうあや》の
高原の野面《のづら》に
手弱女《たおやめ》のように
恥じらいながら

月光に
濡れながら
富士を背に咲く
薫り花

しなやかに
天女のように
咲きゆれる
月見草

月見草 二

野辺から
手折ってきた
一輪を　花瓶に差す

わたしとの
一夜《ひとよ》の逢瀬《おうせ》を
なぜか　侘しらに

野に
帰りたいと
泣くばかり

* 月見草……宵待草、大待宵草とは誤称

終夜《よもすがら》
月を慕いて
泣くばかり

月見草　三

あたしの蜜を
吸いに舞ってきた
縞柄蝶が
急にこのごろ
翅がやぶれて
飛べなくなった
と風のうわさに聞いた

誰か

あたしの蜜を
縞柄蝶に
届けておくれ
月見草が声かけするが
蜻蜓《とんぼ》も　蝶の仲間も
知らぬふり

月見草　四

正午《ひる》下がりの高原で
身を震わせながらうたう
が　誰もあたしの歌を聞きたがらない
耳をふさいで
あたしのひよめき声と
昼間のしぼみ顔を見たがらない

仕方ないので
夜がくるまでがまんしよう
昏くなれば星や月が
あたしの本当の可憐な
明るい笑顔を待ってくれているから

夜に入って
　あたしも
みんなのように輝きたい
月見草が語りかける
　それは無理
　それだけは無理
星や月に揶揄《やゆ》される

月見草　五

星月夜《ほしづくよ》に
風を呼び寄せ
眠る草花を呼びおこし

子どものようにはしゃぎ
気立てのいい町娘のように
お喋りしては舞を舞う

ときには
宵待草よりあたしの方が
ずっときれいだと自慢をし

かわたれどき《彼誰刻》には
　ほんとうは淋《さむ》しい

のだと泣き窄《つぼ》む　月見草《ぐさ》

月見草　六

公園に夕風が立ち
木洩れ陽が露地を這い
そこかしこに　ゆらゆらり
月見草の可憐な
四弁の葩《はなびら》が戯《たわぶ》れている

遥か遠い日に
看取ったひとが
夢枕に立ち
あの日と同じように
夕闇のなかで黄花ゆれ

瞼の端で
記憶のひとを追いながら
そのひとの好きだった
月見草の根元に
一握りの遺髪を埋める

月見草　七

ゆんべも
夢の中で
蓮花のような
瞳に凝っと見つめられ
朝までとうとう
眠れず仕舞だった

富士を背に

月見草を手に
浅間さんの前に立つと
まるで開耶《さくや》姫《ひめ》のように
華麗で愛《いと》しすぎる

そんな本当の自分に
あなたは
　気づかれていないんです
なんて詩を綴って
今朝早く片便りだと知りながら
郵便箱《ポスト》に投函する

月見草　八

夕つ方の
富士高原の
裾野小径で
やっと見つけた斑入り花

星月夜に
凛と咲く
薄黄顔《うすきながお》の
揺蕩花《たゆたばな》

その月見草の
こぼれ種子《だね》を
庭に播いたのが
ことし開花する

明朝
いちばんに起き
庭に花笑む月見草を手折って
椎路のお方に届けよう

月見草　九

朝餉まえに
顔を洗おうと
勝手に立つ
蛇口をひねろうが動かない
水道管が凍っている

ゆんべ洗って
吊るした手拭《タオル》が
棒になっちまっている
今朝は綿入れを重ねても冷える
暖炉《ストーブ》に手をかざすが
指先は凍えてかじかんだままだ

潮騒の
浜路の
お方に知らせたら
すぐにでもとんできて
軀の芯まで温めてくれようが

月見草　終章

生きづらさと
折れづらさを
ずぅっと抱えたまま
今日も乾いた白い道を
ひとり職場からもどってくる

うす化粧の
まだのこる
仕事の疲れを道づれに

鳳仙花の咲く
根方路を買物袋を下げながら

愛鷹の
山の片方《かたえ》に
ほったらかしの
富士が浮き
夕月が
お方と一緒に歩いている

だれかが
そばにいなくとも
すぐには沈まない
今夜のお方の顔は
月にそぼぬれて
なぜか霙《みぞれ》のようで淋しい

未刊詩集『少年詩篇』全篇

今
詩で出会う
少年だった頃の
わたしに

夏休み　一

三角頭の
精霊バッタを
稲子とまちがえて
何匹も喰った

夏休み　二

毛虫が
蝶になるのが
おもしろくて
何匹も
手の平にのせ
遊んだ

夏休み　三

案山子《かかし》に
姉の浴衣を
着せたのがばれて
母にこっぴどく叱られた

夏休み　四

宿題をぜんぶ
M子にやってもらった
　よくがんばったね
先生にほめられた

夏休み　五

紙魚《しみ》という
紙の魚って
どこに棲《す》んで
いるのだろう
一日中
家の裏の小川で

攩網《たも》を片手に
探した

登校日

中二の
同《おんな》じクラスの
女の子の革鞄《かばん》に
鎌首をもたげた
青大将を忍ばせた

後ろの席の
女の子は気絶し
担任にはこっぴどく叱られるし
とうとう夜まで
職員室に立たされた

新学期

夏休みは
遊ぶことしか
頭になかった
気がかりはただ一つ
夏休みには必ず
終わりがあることだ

学校が始まると
あの恐い眼鏡の先生の
授業を受けねばならぬことだった
あれこれ知恵を絞ったが
新学期を回避することは
それだけは到底むりだ

そんなとき我慢できたのは
いつも宿題やってくれるM子の
潤んだ大きな瞳に
出会うことだった

宿題　一

鎮守さんの
太い柱の脇で
膝小僧を抱える少年

草叢で翅のやぶれた
鈴虫が鳴いている
境内のどこかで
遅蟬が最後の歌を唄っている

少年は　虫たちが可哀想だから
夏休みの宿題を昆虫採集にするか
しないかを迷っている

宿題　二

木洩れ陽の
胡桃の森で
弦《つる》の鞦韆《ぶらんこ》が
夕風に乗ってゆれている

宿題を忘れて
教師に手厳しく叱られた
少年の啜り泣くのを
鞦韆も一緒になって泣いている

宿題　三

母が機織《はたお》り機をふむと
籠から天蚕糸《てぐす》のような
紅白の糸玉がこぼれて
座敷にいくつもころがっていた

少年は居眠りしながら
こたつに埋まって宿題の
解けない算数をやっていた
母がとなりの座敷で
夜なべに機を織っている
母の機織りが終わるまで
少年はねむくてもねむれなかった

宿題が終わってから
食べるようにと炬燵《おこた》のうえに
うどん粉《こ》ねって泡だった
母の手造り加須底羅《かすていら》が目のどくに
皿にてんこ盛りおかれていた
でも少年は宿題が終わるまで喰えなかった

兄妹　一

雑魚《ざこ》釣りの
竿を担いだ少年が
土手をあちこちする

馬尻《ばけつ》を持った妹が
何ども立留まっては
空《から》の馬尻を覗きながら
兄の後を小走りに随《つ》いていく

兄妹　二

陽焼けして
黒ん坊になった
麦藁帽子をかぶった
仲のいい兄妹が
あばれ川の土手を下りていく

夏休みの自由研究の
昆虫採集の虫を追って
堰のたもとの水葉に
とまった涼しい目玉の
薄羽《うすば》蜉蝣《かげろう》を採るのに二人は手をやいている

昨日の雨で
水量を増した堰が
渦を巻き　鰐口を開け
兄妹を呑み込もうと狙っている

いとこ三兄弟

小学校二、三年生の冬休み
ぼくら　いとこ三兄弟は
親戚の家にあずけられ
大きな一つ蒲団に寝かされた

目刺しのように枕を並べた三人が
同じ川に溺れた夢を見た
翌朝　屋根に干された
寝小便蒲団を義姉に見つかり
お腹かかえて失笑《わらわ》れた

そのいとこの一人　則夫が
盆栽植木を掘りながら
先日　山のなかで心筋梗塞で身罷《みまか》った
も一人の目白捕り名人　松規《まつみ》は
気立てのいい小学校の美人教師を嫁にした

そんな幸せ松規に会う度に
酒の匂いがぷんぷんしていた
その彼も肝臓こわして
五十の齢《よわい》で彼岸《むこう》へ逝った

昔　二人のいとこに読み聞かせたように
此の頃　酒を舐めなめ
二頭の相棒柴犬《しばいぬ》に
詩をじっくり読み聞かせるのが
日課となった

少年　一

雨湿《あまじめ》りに震えながら
町に働きに出ている
母の帰りを待つ少年

一時間に一本しか
甲斐路から下ってこないバスを
長椅子の隅に坐って待っている

きのう母から　運動会にと
買ってもらった真っ新《さら》な白い靴《ズック》
もう土で汚れてしまっている
少年はそれを随分と気にしている

少年　二

低い家が軒を連ね
細い路地が走っている
その狭い路地の庇の下で
家の鍵をもたない少年が
母の帰りを待っている

夕闇が
町筋に這って
今日は人の往来が
妙に少ない

近くの宿から
三味線に合わせ
小唄をうなるのが
風にのって届く

少年は
山で摘んだ
母の好きな竜胆《りんどう》を
手にもっている

少年　三

雨がやみ
雲の垣間から
星がこぼれ
こぼれた星屑を
ひろいながら
少年は裸足で
わだちを歩いていた

今夜も
酔った父親に
訳もなく叱られ
頭を小突かれ
なぜかこんな日が続いていた

家をとび出た少年は
母がむかえにくるまで
いつもの杜の祠《ほこら》の
上がり框に坐っていた
　ご免ね
　ご免よ
母親に肩をだかれて
少年は家に帰っていく

少年　四

梲《うだつ》が崩れ落ちた藁葺き屋根に草が生い茂り
廃《すた》れたそんな家で少年は長患いの母の看病と
中風で寝たきりの祖母の世話をしていた
風呂を焚き野良仕事から父が足を引き摺り
牛の手綱を取り帰宅するのを待っていた
あ　今朝早く父と家を出た犬《メリ》の鳴き声がする

少年の家は大風が吹くとグラグラ揺れ動き
大雨が降るとあちこち雨漏りがして畳のうえに盥《たらい》
　を置いていた
父は大黒柱を背にあぐらをかき腕組みをして
凝っと目を閉じ煙管《キセル》を吹かしていた――
そんな物怖じしない働き者の父であったが

酒を呑むと戦死した二人の息子の名前を叫び
涙をぬぐいながら喚《わめ》き散らし物を投げる
恐い父に変身していた　こんな時少年は
薄暗い納戸の小さな電燈の下で壁に凭れ
膝をかかえ姉の本を繰り返し読んでいた

少年　五

桜雨が
しほ　しほ
においやかな
息づかいのように
そそいでいる

少年が
傘を手に
夕餉のつかいに
ぬかるみ坂を
すべっていく

道沿いの
夕陰草の
白花を口にあて
少年は器用に
花笛吹きながら

仔犬が
尾を巻きあげ
少年に
おくれまいと
あとを追う

少年　六

尾根の
撓々《たわわ》を
雁が
矢印になって
翔んでゆく

校庭に
少年が
雁金草《かりがねそう》をもって
背伸びしながら
手を振っている
先頭の一羽が
少年に気づいて
宙返りしてから
山の後方《しりえ》に
消えた

少年　七

少年が
湖畔の渚で
水切りしていると
風に　下手くそだ
と云ってなじられる
風は　少年に
　見ていろ
と云わんばかりに
ピッチャーに成り代わって

十五回の水切りをやってみせる
湖畔の漣《さざなみ》が
少年を応援するが
ああ　何どやっても
五回しかできない
山風の勢いには少年は到底かなわない

少年　八

どこぞの公園の
椅子にうずくまって
頬の泪をぬぐおうともしない
あたまをかかえる少年

ちょいちょい

夢にでてくる少年に
話しかけても
顔をそむけるばかり

胸ポケットに
わたしと同し
名札がついている

少年　九

波打際で
寄せたり　退《ひ》いたりの
波に追いつ追われつしながら
少年が犬と遊んでいる

少年は

だれかの顔に生き写し
どこかで一ど見たことのある
洟《はな》ったれ小僧だ

犬も
わたしが飼ったことのある
四角い顔の
賢《かしこ》い駁《ぶち》の猟犬

少年が
着ている学生服も
背の高さも　足のはこびも
憶い出のなかの少年《がき》そっくり

胸衣嚢《ポケット》の
名札を見ると
あ　わたしと
同じ名前の中学生

少年　終章

富士の付け根の
太刀《たち》山と籠坂の
渓谷に流れ込む
ガレ場に挟まった
須走精進川

この暴れ川も
柴怒田《しばんた》集落では
海苔川に名を変え
北郷佐野川に注ぎ
本流鮎沢川へと合流する
この鮎沢川もやがて

第一級河川酒匂川へと流れ込み
小田原の在で相模湾に注ぐ

この酒匂川をずっと
遡《さかのぼ》った佐野川の
青藻たゆたう水面《みなも》に
漁影が硝子の破片のように跳ね
大学生らしい男女が水面に
小石を投げてはさわいでいる
ここには形のよい岩魚が棲む

四囲を岳麓に囲まれた
渓相のいい河川で
糸を垂れる少年
あ　この少年も
だれかの顔と瓜ふたつ

ぶうらんこ　一

鳥のように
船のように
ぶうらんこが
空を漕《こ》いでいる

漕げば
漕ぐほど
見あかぬ
空がある

何ぼよんでも
子どもらは
家に帰らない
空には夢が沢山《うんと》あるから

学校の
自鳴琴《オルゴール》が
よんでも
帰らない

ぶうらんこ　二

ぶうらんこに
合わせて
　ぼろ着て
奉公
　土くって
　奉公
榎《えのき》の洞《ほら》で

梟《ふくろう》が啼いている

公園の向こうの
あちらこちらの屋根から
夕餉仕度の
煙が上がっている

燻《いぶ》り空に
利《と》鎌月《がまづき》が
目を泣き腫《は》らしている

黄ばんだ写真　一

抽斗《ひきだし》から
赤茶けた写真
一枚が出てくる

草に坐って
校舎の裏手工場の
煙突の薄い煙を
わたしが永いこと見呆《みぼ》けている

その脇にセーラー服の少女が
画版に絵を描いている写真だ
横顔がM子に似ている

放課後　わたしのきらいな写生を
彼女がわたしに代わって描いているのだ
小さくすぼんだ煙るような目で
遠くの景色を霞み見ながら

黄ばんだ写真　二

髪をお下げに
そのひとは　秋桜畑の
あぜみちに立っている

少しはにかみ　うつむいて
ちょっぴり　微笑む
アルバムのなかの
少女は十五歳

あの日　はじめてぼくに
あいさつを返してくれた
学校が半ドンの日
雨上がりの草もみじが
眩しかった帰りみち

土手の子どもたちが
夕陽に追いかけられて
影がどんどん伸びていた
遠くで富士が燃えていた

黄ばんだ写真　三

刈田に立った
少女の右肩に
赤蜻蛉がとまっている
そのおさげ髪の少女が
蜻蛉を伏し目がちに見ながら
黄ばんだ写真の中で笑っている

野歩きに草臥《くたび》れての帰り途
堤に女郎花《おみなえし》が咲いていた
それを一輪摘んで
少年はふるえる指で
少女のちいさな胸に飾った

棚田の流れを手ですくい
少年は火照った顔を洗った
小高い丘によじ登ると
とうに陽は落ちていて
街がどんよりゆるんでいた

近くの鎮守の杜では
ヒグラシが竹やぶをゆらし
山波が墨絵のように霞んで
遠くで稲妻が走っていた

M子

夏休み日記は
いちどに全部かきあげた
天気予報は夏休みの最後の日に
新聞から引っぱりだして
いっぺんにかき入れた
作文は兄がむかしかいた原稿を
先生にみせたらほめられた
ほかの宿題は家の近くのM子が
みんなかたづけてくれた

丸山薫の詩を暗唱の時間
となりの席のM子の
手鏡を天井に反射させ
光を集めていたら
中尾先生にこっぴどく叱られ
手鏡をとりあげられた
「詩は声だして読め」
中尾先生のかみなりは
まちがっていなかった

夕闇の愛宕《あたご》神社のわきみちを
はしゃぐM子の手をひいて
ぼくらは砂山へのぼった
小松林の防潮堤に坐って
ふたりは漁火を数えながら
部分月蝕の観察をしていた
十八歳で嫁にいった
M子には四人の孫がいる

木《き》守《まぶ》り柿　一

昨年も
一昨年も
一昨昨年《さきおととし》も
町の絵画展に
出展して落選
不登校少年が
描いた　木守り絵

今年こそはと
引籠もり少年が
筆を走らせた
夕陽と見紛う
眩しいほどに
鮮やかな熟柿

何と今回は
少年が描いた
執念の木守り柿が
特別最優秀賞に輝き
展示室中央に飾られ
多くの観衆で賑わっていた

木守り柿　二

畑で
柿の実を
もぐ父と子

父親は
枝先に

柿の実一つ残して
作業を了《しま》った

少年が
空を指さし
柿の実が
あと一つあることを
父に告げる

ああ　あれは
木守り柿だ
来年も豊作であるように
小鳥へのお裾分けだ
少年がうなずく

鴉《からす》が
椎の木の枝で
父子が立ち去るのを
凝っとがまんしている

草笛

畑が途絶えた
小高い丘に出ると
川上で
柔《やっこ》い声の
小鳥が啼いていた

こんどは
下流の葦の林で
甲高いさえずりが
届くがどこにも
小鳥の姿が見えない

枝葉も揺れていない

が　あちらこちらから
澄んだ大きな啼き声が
だんだん近づいてくる
あ　草笛だ

おさげ髪に
いがぐり頭と
野球帽が
むくむく　ぴぃ――っ
葦のなかからあらわれた

野に散った友を
集める笛の音だ
ひとかたまりになった子どもらが
草笛と一緒に長い影引き
田畦《たぐろ》坂を帰っていく

捨てられた少年

商店街を両手に重そうな荷物を下げた老婆がゆく
後から追いついて少年が荷物に手をかける
　一つ持ってさしあげましょう
老婆はギョッとして少年を振り返る
ひどくおびえた顔になる
少年の手をはらいのけると
荷物をしっかり持ち直して
猛烈な速さで立ち去ってしまう
立ちすくむ少年――

洋菓子屋の店先で女学生が五、六人
何やら声高に笑いころげながら

シュークリームを立ち喰いしている
少年はつかつかと女学生の傍へ行って並んで立つ
シュークリームを女学生のように頬ばりながら
にっこり笑いかける
　とても楽しそうね　何のお話？
途端に女学生は白けた顔になる
黙りこんでソソクサと食べ終えると
逃げるように立ち去ってしまう
見送る少年――

街はずれの広い公園
芝生のそこここに置かれたベンチに
恋人達が寄り添って坐っている
同じベンチの片側に少年が坐っている
ベンチの恋人達の話し声に耳をそばだてるが
彼等の甘い会話が少年には通じない
立ちあがって少年は歩きだす

噴水の傍に風船売りの少女が居る
彼女がにっこり少年に笑いかける
思わず少年は小走りにかけ寄り話しかける
　とても素敵な風船だね
　みんな買いましょう
あなたが笑いかけてくれたから
今日の皆　僕から逃げるのさ

少年は大声をはりあげ
公園の芝生の上をとび跳ね
足早に家に帰ってゆく
色とりどりの風船を空に泳がせながら

ゆき

ゆきが
ゆきの
しずくが
窓を垂れ

何度も
なんども
窓を拭き
ガラス戸に
頬をよせていた

こんな吹雪の
逆巻く夜深けに
たれかに追われ

ゆきにそまった
むすめが

いばらみちを
かけぬけ
谿をわたり
高嶺を越え
荒れ野を彷徨《さまよ》い

遠く
とおく
傷ついた
むすめが
ひとうり

囲炉裏に
膝小僧かかえ

凝っと目をとじる
ぼくをさがし求めて

そくそく
そくそく
こんやも夜っぴて
泣かんばかりの
ゆきがふり

雪

しむしむ　しむしむ
昨夜《よんべ》から　ずうっと
しむしむ　しむしむ
現《うつつ》か夢か　降り頻《しき》る

しむしむ　しむしむ
真っ新な　羽衣纏《まと》い
しむしむ　しむしむ
目蓋裏《まぶたうら》を　天女舞う

しむしむ　しむしむ
雪　雪　雪　雪が
しむしむ　しむしむ
郷《さと》一面に　雪が舞う

しむしむ　しむしむ
何処彼処《どこかしこ》　雪が積む
しむしむ　しむしむ
雪　雪　雪が積む

少年と桜

富士山雪解け水の
潤井川の　早瀬で
若鮎が　キラギラ
宙を飛び跳ねていた
ガラスの破片のように

堤の桜並木で
花見客らも
若鮎のように跳ね
客らの顔や　背中に
桜の花片《はなびら》が　風吹《ふぶ》いていた

堤には幾重にも
人垣ができ　人垣のなかで
少女の澄んだ大きな瞳が
まばゆいばかりに輝き
少女は　演奏に合わせ
唄い　舞っていた
桜の小枝を手に

歌は風に乗り
近くの集落にはこばれ
少年は　顔を紅らめながら
幼なじみの少女の歌声を
窓に凭れて聴いていた

少年は
少女の歌を
聴きに行くと約束しておきながら
家の手伝いのため
とうとう花見には

行けず仕舞いであった

あの日は　群青の空に
赤富士が浮いていた
十五歳の頃の
色褪《いろあ》せた日記帳に
田子の浦の郷の
桜祭りが綴られている

草に寝て　一

幅広な江川の
水面《みなも》に　水鳥が浮き
真白き逆さ富士が揺れ
堰《せき》の下流で里びとが
鮒釣りやモジリ漁をしていた

こんなにも
ひっそり閑とした集落で
わたしは大人になっていくのか
大人になってもずぅっと
詩を書いていくのか
草に寝て　まいにち
雲にそう問うていた

真っ青な空に
ちぎれた雲が遊び
啄木の詩集を片手に
空を仰いでばかりいた
雲に　友だちの名前をつけ
声を限りに呼んでみる
その友は今はいない

草に寝て　二

一回ぽっきりであったが
うんとうぅんと遠いむかぁし
物置小屋で父の煙草を吸って
兄にこっぴどく叱られた
その兄ももういない

あの日と同《おんな》し
江川の土手に寝て
澄んだ空を仰ぐ
雲が湧き　雲は
幾筋も　棚引き
十五歳の　わたしは
かわゆい少年であった

未刊詩集『懐郷《かいきょう》』全篇

一人静　一

母に手を引かれ
山の後方《しりえ》まで
よく郷《さと》歩きした
子供《がき》時期

岩陰で
背丈の低い
一本の花穂が
にょっこり
顔だしていた

この花は

悲劇の主人公を
　慕って咲いているのよ
絶対に手折ってはならないと
母からきつく云われていた悲哀花

一人静　二

早朝
森に這入って
山独活《やまうど》を摘んでいると
声かけられる

まわりを見わたしても
誰《だあれ》もいない
誰もいないので
また独活を摘む

やはりわたしを
誰かがよんでいる
か細い　忍びやかな
声でよんでいる

岩陰で
人のひざほどの
背丈をゆらしながら
声かけするではないか

白い花穂を立て
ひっそり閑と咲く
一人静が　岩陰で
わたしを手招いている

一人静　三

一人静の
云うには

杜鵑草《ほととぎす》は
口やかましくて
さわがしく　兄のよう

杜鵑草の
云うには

一人静は
無口で
音無しすぎて　妹のよう

一人静の
云うことは

杜鵑草は
やさしすぎて
兄のよう

杜鵑草の
云うことは

一人静は
可愛すぎて
妹のよう

白いチューリップ

落ちつかなかった
子どものころ
母は花壇の前に
わたしを坐らせ
母が植えた草花をよく見せた

なかでも母が一番大切にしていた
白いチューリップを見せられたとき
わたしは心の芯まで見すかされたようで
それ以来すっかり素直になって
白いチューリップに
頭をぺこんと下げたことを憶えている

だからこの年になっても
白い花を買ってきては
一輪挿しにし
玄関に飾るのが
癖になっている

芋餅

神社の茶屋で
小皿にのった芋餅を買う
不恰好なお手玉に似た
こどもの握りこぶしほどの

芋餅を頬張り
噛みしめると
ひなびたいなかの味がして
なぜか頬をなみだが伝う

母が農作業の合間に
土のにおいのするしわくちゃな手で
握りつぶしてむしろにほしてくれた
あのときと同し《おんな》味の芋餅だ

社殿の梁《うつばり》の
雲の切れ目から
一筋の薄陽が射し
あの日と同し風花が舞う

母の齢　一

早朝まだ暗いうちから
にわとりの鳴き声を合図に
母はぼくを背中にくくりつけ
一日中弁当もって田圃にでていた
あぜみちのくいにひもでつながれた
たがら《ボンチ》のなかのぼくのまわりで
くわをもった野良猿のような日やけした
母がうねをいったりきたりしていた

ちかくでとおくでいつもとおなじ
風のような子守唄がながれていた
ボンチのなかに母のつかまえた
カエルやバッタがはねていた
やがて母のあまずっぱい子守唄は
昔話にかわっていった……

母が逝ってずいぶん昔になった
ぼくの耳のそこには母の子守唄と
昔話がいまでもレコード盤のように
いくえにもうずをまいている

逝った母の齢《よわい》に段々近くなった

母の齢　二

まだ明けやらぬ
東雲空《しののめぞら》が　重く鈍く
山肌はゆるみ　時折　雪起こしが
鉄砲玉のように山向こうからとんでくる
近くの白い峰みねがゆれる

低い軒先が寄り添う
凍て付いた　須走集落
屋根に　はらはら
はだれ雪が舞い

今年も　春先までは
手の平に咳を閉じこめるこのつらい
息切れのひどい日々がつづくだろう

わたしが咳き込むと　母はきまって
富山の苦い龍角散といっしょに
甘い金平糖を口に含ませてくれた
いなくなって久しい母の齢が目の前にきている

母の齢　三

むかぁし　この里山の
せまい坂道の花壇に咲いていた
兎の耳のように朱い
チューリップの花の首を　棒で切り落とし
母にこっぴどく叱られた

重いランドセルを背負い
初めて小学校の門をくぐった日のかえり途
しらしらと風花が舞い
おてんとうさまが顔を出さない
さぶいさぶい入学式の日であった

こないだ
数十年ぶりに
ざんざぶりの雨の中を
今はもう建っていない
小学校への復り道を辿る

花壇は広い自動車道に変わっていて
横断歩道の信号機が
小気味好く目をぱちくりさせながら
歌時計《オルゴール》を奏でていた
とうにいないはずの母の聲が
校門の近くから聴こえる

鯰《なまず》

瀬戸川の
川底の鯰の通り道に
手造りの筌《うけ》を仕掛け
竿の先に太メメズをつけ
鯰の巣穴を探すと
一かかえもあるでっかい鯰が喰らいついた

内緒でもちだした兄の釣竿を
何本も鯰に折られてはその都度叱られた
土手に釣り上げた鯰はあきらめがよく
高い空を見て

大きな口で水を吐いていた
背中は青黒くぬらぬらして鱗がなく
白いお腹にはヘソがなかった
四本の太い口髭を偉そうにはやした
鯰の顔を凝っと見ていると
目が豆粒のように小さな顎髭の
隣の親爺さんによく似ていた

　地震が起こるから逃がしておあげ
母にそう云われて仕方なく
鯰を川にもどしたそのせいか
子どもの頃には大きな地震が起きなかった
夕刻　仏壇に母の好きだった
野花一輪を手向ける

腓《こむら》返り

足がつり
こむらがえりを
くりかえしながら
夜を明かす

ふと憶い出し
脹脛《ふくらはぎ》に米粒を貼り付け
ツボをあたためると
一瞬にして脛のつりが治った

ガキ時分に
母から教えてもらった
こむらがえりのおまじないだ
ぐっすり眠る

味噌汁

都会に出て
三年たった寒い晩
はじめて味噌汁をつくってみる

バス停までわたしを見送ってくれた
あの日の母の一言
　毎日おみおつけをのむんですよ
を思い出し　味噌と
八頭《やつがしら》を近くの店から買ってくる

旨い……　いい味だ
ああ　また　涙目になってしまう
具沢山の味噌汁だけを
何杯もおかわりする

丸い背中

長男次男を先の戦争で
三男四男を病で失い
働き者の無口な夫まで
早くに脳溢血で先立たれ
それでも九十二歳で逝くまで
年がら年中　野良仕事に精をだし
ずうっと働きつづけた母

十七歳で家をとび出したわたしが
数十年ぶりに実家にもどったとき
　おお　元気でいたかえ
細いしわがれた母のひと声であった
飼猫を膝にのせ
縁側で日なたぼっこしながら

たんねんに白い髪をすいていた母
わたしに涙顔を見せまいとして
着物の袖で顔をぬぐっていた

櫛目を入れた白い髪にかくれて
双眸《りょうめ》がぬれていた
　ご飯　まだくっていないしょ
低いかすれた声が
着物の袖口からもれ
お勝手に丸い背中が
しょろしょろと歩いていった

農繁期

稲刈りが一段落すると、母はきまって棚田で採れた陸稲米《おかぼ*まい》を、甑《こしき》に入れて蒸し炊《かし》いだ。その粘りのないぼそぼその強飯《こわいい》を神棚へ供えてから、あまり美味しくない強飯を食べる家族の顔をのぞいては、口なおしにといって柏餅と粽《ちまき》を大皿にてんこ盛り出してくれた。わが家では陸山葵《おかわさび》も栽培していた。

父は一足先に近くの農家の酒仲間とつれだって、畑毛の湯治場に出かけていった。後れて母も数日分の米や野菜を背負って村の衆のいる湯場に出かけていった。

村のほとんどが農家であったので、子どもらは農作業を手伝い、学校は農繁期の一週間は休校だった。

もう七十年も昔の田子の浦の農村風景である。

＊　陸稲……畑に栽培する稲で水稲よりも味は劣る

父

夜になると天井から吊るした裸電球の下で、父は大黒柱を背に囲炉裏のまえに城主のように胡座をかいて坐っていた。普段は頑固で無口な父だったが大酒呑むと何かを思い出しては大声をだし、あたりに物を投げる酒乱の恐い父であった。

母は子どもにはお喋りでやさしかったが、そんな父と話をしているところをあまり見たことがなかった。勿論わたしは恐い父とは一ども話をした記憶はない。

わたしが中学二年の時、父が脳溢血で逝ってから、母は野良仕事を父の分まで兄と一緒に朝早くから日の暮れるまで賄《まかな》っていた。

母が夕焼けに照らされながら、長い影を引き田圃で小さな軀を鍬にもたれて、一休みしている姿が今でも目に焼きついている。

彼岸

火鉢を抱えながら
ねんねこ袢纏《ばんてん》を着込み
金木犀の匂う縁側に坐る
お澄まし顔の母の黄ばんだ
一枚の写真

昔から笑っていなかったのに
一瞬　わたしを見て咲《わら》った
確かにわたしを見て
やさしく咲った

仏壇に
茹でたての里芋を供え
懇《ねんご》ろに線香を手向ける

擂鉢《すりばち》

母が嫁いできたとき
母と一緒に母の実家から
嫁いできた擂鉢
母が九十二歳で逝くまで
母と一緒にお勝手で
働きつづけてきた擂鉢

胡麻や炒豆《いりまめ》、落花生など
擂り潰《つぶ》した擂り込み棒も
すっかり痩《や》せ細って短くなった

擂鉢の目も擂り減り
もう役に立たなくなった

母が逝った今でも
実家のお勝手の棚に
擂鉢がでんと伏せっている
子どもらが盆暮に
実家にかえってくるのを
首長くして待っている

姉

外はもう
だいぶ暗いが
沼津の用事をすませ
近くの姉の家に一寸《ちょっと》立ち寄る

玄関先で小咄《こばなし》しての帰るさに
夕餉までのつなぎにと
手早くにぎり飯を一つ拵《こしら》えてくれる
母ゆずりのおかかと塩っぱい
梅干が入ったでっかいむすびだ

上がり框《がまち》に腰かけたわたしに
姉は指についた飯粒をなめながら
背中を丸め　お勝手から
蜆《しじみ》のお味噌汁をはこんでくる
けさ早く黄瀬川の河底で漁師が
味噌漉《みそこ》しで掬い上げたいきのいい蜆だ

姉の背中の丸め具合が
逝った母の面輪《おもわ》とそっくりになった
もうそんな歳だ
このごろだんだんと言葉尻まで
説教気味なところも母に似てきて
むすびを頬張るわたしの髪に
自分の竹櫛を入れたりする

そんなこんなで
姉の家に立ち寄ると
いつも母のにおいがいっぱいしていて
里の実家に戻ったようだ
帰りしなに母の嫁入道具の一つ
綰物《わげもの》の弁当《めんぱ》箱に詰められた赤飯をみやげにもらう

帰郷　一

数十年ぶりに
近くの駅に下車して
故郷に立ち寄る

集落までのでこぼこ道はみな舗装され
幅広になった道路には多くの信号機が立って
目をパチクリさせている

真っ黒な
製紙工場の煙が
午後の空に棚引き
蒲公英《たんぽぽ》の綿があの日のように
煙で澱んだ
空に舞っていた

むかぁし　宝物を隠した
鎮守の杜に行きたいが
参道の小道は雑草が覆い
葦が茂っていて橋を渡れない
本通りを行き交う人は見知らぬ人ばかり

近くの学校から下校の歌時計《オルゴール》が鳴り
もうすぐ子どもらが学校から帰ってくる
校舎は白亜の三階建てに建て変えられ
わたしらの植えた記念植樹の桜の木に変わって
太い銀杏の木が何本も校庭のまわりに茂っていた

帰郷　二

学校がしけて
潤川沿いを帰ると
田畦《たぐろ》に月見草が咲いていた
その黄花を手折って家にもちかえると
野猿のように日焼けした母が
ぼくを見てにっこり
やさしく咲いながら
月見草を牛乳瓶に差してくれた

家のなかは
暗い裸電球と
いろりの火だけが赤く燃えていた

六十年が経って
故郷の潤川をたずねる
潤川はそんなに幅広川でなく
河岸はきれいに整備され
昔の草道は何倍も広い
県道が走っていた
道路の両側には
信号機が何本も立ち
灰殻《はいから》な住宅が立ち並び
もうあの頃の畦道はなく
月見草はどこにも咲いていない

低い家

本通りから山の手沿いに入ると
低い屋根の家々が立ち並んでいた
自分がこのまちに引越してきた頃から
あんまり変わっていない裾廻《すそみ》の風景だ
あのとき屋根のくずれた家をのぞくと
勝手口から老爺がとびでてきて
「あがんなさいよ
腹がすいているんだろうに」
と昼ご飯をごちそうしてくれた

あの東屋《あずまや》はどこにも見あたらない
だが近くに見覚えのある赤茶けたトタン屋根
梲《うだつ》に草が生えた母屋《おもや》があり
家の中から話し声がこぼれてくる

子どもたちが何人もいてどの顔もにこにこしている
誰にでも頭を下げる家族が住んでいる

低い家ほど温かそうだ
働き手のいない家ほど屋根が低いようだ
庭では洗濯物がにぎやかに風にはためいていた
犬が地べたに目を閉じ寝ている
隣の庭の犬も私を見て
吠えずに尻っぽをふっている

わが家もそんな低い家に似てきて
段々と朽ち果てていくのがよくわかる
飼い犬も主におとらず草臥《くたび》れてきた
娘たちが誕生《うま》れたときの記念に植えた庭木が
電柱よりもずっと高く林になって茂っている
その林の向こうに展けた山塊《さんかい》の空の端から
細い雨粒が如雨露《じょうろ》のようにしょろしょろ降ってきた

気晴らしに商店街に出てみる
化粧した女の顔のように
すっかり新しい家並みに変わっていた
引越してきた当時の写真と比べると
みな低い家が灰殻《はいから》な高い屋根になっていて
知らないまちに迷い込んでしまったようだ
どこかのにぎやかな都会にやってきたようだ
昔とちっとも変わらないのは
道路のまんなかにどっかと
雪をのせ　富士山が坐ってることだ
奴め　相変わらずいい顔している

ぼくたちの山桃

庭一面に山桃の実が、音もなく落ち、窓の隙間から甘ずっぱいにおいが、部屋の中にまでたちこめていた。妻は借家の庭から、その山桃の熟れた実を拾って、卓袱台《ちゃぶだい》の小皿に載せ、それを食後のお茶請《う》けに出していた。

あの頃のぼくらは、麦の中にお米を少しだけ入れた麦飯を炊いて食べていた。ぼくは職場仲間に弁当箱をのぞかれ、「今日も麦飯だね」と笑われるのを妻は知っていた。ぼくがまだ一人前の建具職人ではなかったので、少ない給料のほとんどが家賃と食事に消えた。

妻は赤ん坊のミルク代にも事欠き、米のとぎ汁に砂糖をまぜたのを呑ませていた。子どもが大きくなると、近所の家の娘のお下がりをもらって着せていた。それでもぼくら家族は月一度の給料日には、町はずれの小さな中華料理店で、ラーメンを啜《すす》るのが何よりの楽しみであった。

妻のお腹には二人めの子どもが宿っていた。その次女が生まれたのも長女と同じ、隣町の路地裏にある産院であった。お産はぼくの友人の知り合いのやさしいお産婆さんの手によるものであった。ぼくが仕事帰りに産院に立ち寄ると、子どもはもう生まれていて、妻の隣で口に指を入れて眠っていた。せまい四畳半の部屋にはクーラーもなく、妻の産後のやつれた額には大粒の汗が浮いていた。ぼくは小さな花の植木鉢を買ってきて、「おめでとう」というとすぐ妻は返事の代わりに「この子のお産費用は」と聞いた。ぼくは長女の時と同じように「月賦でお産費用はお願いしたよ」と云うと、妻は「ありがとう」と安堵し頷いていた。

ぼくらには質屋に入れる金目のものはもう何もな

かった。

その二人の姉妹も今は近くに嫁いで、子どもの親になって幸せに暮らしている。

五十年がたった今でも、入梅のこの季節になると、山桃の古木を見に必ずぼくと妻は小田原の片田舎を訪ねる。

昔ぼくらが住んだ赤茶けたトタン屋根のアパートには、ぼくらの知らない家族が住んでいて、物干し竿には沢山の洗濯物が吊るされていた。

あの日と同じように、たわわに実をつけた山桃の大木が天を衝き、ぼくらを出迎えてくれる。

年暮れる

庭の
侘助が
女童《めわら》の
瞳のように
咲いた朝

窓から
渡って
きたばかりの
尉鶲《じょうびたき》の
声を訊く

尾羽で
地を叩き
植木の
下草の
虫を食んでいる

ああ

何やかやの
ながぁい
一年であったが
ことしもぶじに了《しま》うのか……

二階の
書斎に
吊るされた
あんなに部厚かった
残り一枚の日読《かよ》み暦をめくる

そんな
具合にして
わたしの
八十一年もようやく
暮れようとしている

転々と（年譜に代えて）

一九四二（昭和十七）年、静岡県富士市に生まれる。本名、仲澤春宣。

十一人兄弟のうち長男次男が戦死。家計が楽ではなかったので、末っ子の私は給油所のスタンドボーイ、仕立て職人の見習い、大人に混じって土木作業所に勤めながら夜学に通うが、校規違反を起こして放校。

十七歳で上京。深夜のドン行で、東京へ出たもののすぐに一文無しに。泊まる場所もなく、街を彷徨っているところを中華料理店の主人に声をかけられ、食事をご馳走になる。そのまま住み込みで中華料理店の皿洗い、出前持ちなどして暫く働かせていただく。その頃の私は誰からも、愚図だ木偶坊《でくのぼう》だと揶揄嘲弄される。帰ってゆける場所もなかったから。

私は常に街中《なか》を滄浪《よろぼ》いながら虚空に絶叫した。私が詩に近づいたのはこの頃である。否、詩が私に近づいて来たと言えるかも知れない。

そんな他愛のない詩との出合いのなかで、恩師・北川冬彦の門下となり、月刊誌「時間」に同人作品を発表する。筆名、忍城春宣。十九歳。

中華料理店を辞めてから、時計卸業の販売員、製麺所の店員、出版社の雑役、古紙回収業を経て、バンドボーイをやりながら音楽院を卒業。ビクターレコーディングオーケストラに専属ギター奏者として在籍する。二十一歳。

其の後フリーとなり、スタジオミュージシャン、日劇、国際劇場、帝国劇場、民音、ロッテ歌のアルバム等に長期出演。傍ら念願のジャズ喫茶を経営するも、過労のため腱鞘炎にかかり音楽生活を断念。青春の躓《つまず》きと職業の遍歴のなかで良き伴侶を得て結婚。二十八歳。

一変して建具職人の見習いとなるが勤め先が倒産する。この時期、妻子を連れて職探しに走り回る。新聞広告を頼りに起業した会社が、オイルショックの影響で再び倒産の憂き目を見る。更に芝販売業を興すがこれも取引先の倒産のあおりで撤退。

一九七六年、多額の借金を抱えながら書店経営に乗り出す。三十五歳。

二〇〇一年と二〇〇二年に、中学校の同窓生、地元の有志により「忍城春宣詩碑」二基が贈られる。

三度目の癌を患い、入退院を境に三十年間の書店事業を二〇一〇年に断腸の思いで廃業。六十五歳。

其の後、体調快癒を機に知人の事業を最後のみやづかえとして手伝いながら詩作に専念する。依って件《くだん》の職業と住居を転々と変えたが此処《ここ》富嶽の里、須走が終の住処となるか。

二〇二一（令和三）年、世界文化遺産、富士山東本宮、冨士淺間神社境内鎌倉往還に、三基目の「忍城春宣詩碑」が忍城春宣詩碑の会より建立される。

日本詩人クラブ会員。（北川冬彦氏推薦）
日本文藝家協会会員。（早乙女貢氏推薦）
静岡県詩人会会員。三島詩の会会員。
「ちぎれ雲」同人。（中原道夫氏主宰）

忍城春宣詩集一覧

一九六二年『夕告げびとの歌』弥生書房
一九七二年『慈悲抄』詩彩社
一九九六年『叱られて』詩学社
一九九六年『二十歳の詩集』宝文館
一九九六年『風死なず』花神社
一九九八年『あなたへ』日本図書刊行会
二〇〇〇年『もいちど』土曜美術社出版販売
二〇〇七年『須走界隈春の風』土曜美術社出版販売
二〇二〇年　新・日本現代詩文庫151『忍城春宣詩集』
（未刊詩集五冊）土曜美術社出版販売
二〇二四年　新・日本現代詩文庫166『新編忍城春宣詩集』
（未刊詩集六冊）土曜美術社出版販売
二〇二四年　新・日本現代詩文庫167『新新忍城春宣詩集』
（未刊詩集六冊）土曜美術社出版販売

あとがき

十五歳から
ずぅっと今日まで
昼も夜も
寝ても覚めても
詩ばかり書いていた

見知り合いから
まだ詩を書いているのか
おたんちん
あんぽんたん
と罵《ののし》られ
とうとう八十二歳になった

まだまだ
これからも
ずうっと死ぬまで
詩を書き続けるので
当分　見知り合いから

おたんちんの
あんぽんたんとか
この術無《ずつな》し奴《め》がとか
はたまた穀潰《ごくつぶ》しの
碌《ろく》でなし奴がと
罵られ続けるだろう

二〇二四年九月十五日

忍城春宣

解説

富士を愛し、人を愛し、母を愛する

田中健太郎

『新新忍城春宣詩集』は、かつて「新・日本現代詩文庫」の151集として刊行された『忍城春宣詩集』（二〇二〇、土曜美術社出版販売）に続いて出版された、未刊詩集六冊分をまとめた『新編忍城春宣詩集』と同時に刊行されるとのことである。この『新新』にもさらに六冊分の未刊詩集が収められているので、全部で十二冊分の詩集を一度に出版しようという、人並み外れた企みであるが、これも「富士山に纏わる百科事典《エンサイクロペディア》」にさらに新たな項目を書き入れようと急ぐ、詩人の熱すぎる思いの表れであろう。

『新新』に収められた未刊詩集一冊目は『富士浅間神社』。ユネスコの世界文化遺産に登録された富士山は世界が認めた信仰の山である。その富士信仰の中心となるのが富士浅間神社ということなのであろうか。詩人は「表参道」を歩いて行き、神社の巫女《みこ》の姿に眼をとどめる。

襟裳《えりも》の／つましい巫女の／黒髪が／背《せな》に遊ぶ夕刻
／箒もつ／巫女の／紅を乗せた唇を／秋風が吸う

（「表参道　四」全行）

境内を／掃き清める／巫女の／艶やかな黒髪に／
峰風が戯《たわぶ》れ／巫女の／紅緒の／草履に／木洩れ日
／踏まれて／うれしそう

（「表参道　五」全行）

あるいは、巫女が掃除の手を止めて、時雨が過ぎるのを待っていたり、つば広帽子の少年が、母の病気が治るように長い時間をかけて祈っていたりする姿に見とれている。詩人がみつけた二つの道祖神は「指をからませ／唇が千切れるほどに」唇を吸い合っていたりする。忍城春宣の見つめる信仰の姿は、聖と俗の両面を併せもつ非常に人間くさい世界である。

先《さっき》から／ずうっと／寄り添い／動かない／／脇参道の／石畳のうえに／ひとつになった／長ぁい影／／このまま／こうして／須走の／旅籠《はたご》へ／／旅装を／解くか／この土地《ところ》に／滞在《とどま》るか／／富士に／問えども／外方《そっぽ》を／向くばかり

（「脇参道　一」全行）

未刊詩集二冊目は『独り法師《ぼっち》』。淋しがり屋の詩人が、淋しい淋しい山の中で暮らしている。その淋しさを描いた詩群である。

富士山に／　独り法師で／　淋《さむ》しくないか／たずねる／／お前さんも／　独り法師だから／　わかるだろう／窘《たしな》められる

（「独り法師　一」全行）

忍城春宣は「淋しい」に必ず「さむしい」とルビをつける。須走を含む地域の方言なのであるのか分からないが、高山地域の厳しい寒さを連想させ、精神だけではなく身体にも響く孤独が表されているように思える。

夕鳥が
やまに
帰るさに
　ちち　ちち
と啼き

わたしも
さとに
戻るさに

はは　はは
と息を咳《せ》く
夕鳥と
いっしょに
ちち　ちち
はは　はは
と叫びながら
麓に
急ぐ

（「独り法師　三」全行）

夕鳥といっしょに「ちち」と「はは」を叫ぶ詩人の姿は涙を誘う。詩人の淋しさは、山の傾斜を吹く野放図な風に似ている。

風に／話しかけると／耳をふさいでいる／／向こう岸で／犬の散歩する母子が／こちら見て見ぬふりしている／／袖振草も顔そむけ／遠くで富士山までが／わたしに知らんぷり

（「独り法師　五」全行）

淋しさを感じるときには、周囲のすべてから見捨てられたように思う。愛する富士山にまで知らぬ顔をされる。しかし本来、富士山も地球も、人間のちいさな感情のことなど見てはいない、そのようなことに左右されないのである。自分はなにものでもないと知ることは淋しいことであるが、その自覚を深めて、世界と対峙していくなかで、詩人は「知らなかった」ことに覚醒していく。

集落の／端れで　ひゅるり　ひゅるる／鳴るのは　山の少女の／鄙唄《ひなうた》だったこと／／里路で／濡れそぼった女《ひと》の／髪筋に　雨粒が／さむしがっていたこと／／杣道《そまみち》で／猟師が迷ったとき／けものたち

が　くっくっ／含み笑いをしていたこと／／木枯らしが／家の戸口を敲《たた》くのは／本当は　山風の／泣き節だったこと／／そして／だれもが／誕生《うま》れたときから／光を探していたこと／／今日まで／わたしは／みんな／知らなかった

（「知らなかった」全行）

『新新』に収められた三冊目の未刊詩集は『続　猟犬チビに捧ぐる詩《うた》47』である。これはタイトルに「続」とあるように、『忍城春宣詩集』（二〇二〇）に収録されている『猟犬チビに捧ぐる詩《うた》63』の続編である。一般に、愛玩動物をテーマにした詩は、孫自慢の詩と同じく、微笑ましいとは思っても、繰り返し読む気をおこさせない作品が多くなる傾向があるかもしれない。しかし、チビは野生動物としての誇りを保った「猟犬」であり、山歩きをする忍城春宣との間で、お互いに与え合い助け合う、互いに自立した「相棒」であって、断じてペットではないのである。

チビは詩人との付き合いの最初のころから、大店の若旦那に吠え掛かり、「ちっくいのに／おれに吠えるなんて／体《てい》した犬《やつ》よ」（「散歩」第四連）と言わせていたが、続編において、詩人とチビとの付き合いは十五年を越え、チビは老犬になっている。

路地に腹這い／両の前脚に顔を乗せ／チビがぼんやり／西の空を眺めている／／　あの日の玉は／どうして地面に落ちないの／　遠くの山の果てに消え／　どこに隠れてしまうの……／／一夜が明けると／また東の空に日の玉が／ひょっこり現れるのが／チビには不思議でならない／／そんなチビを抱きしめる／　ぶるるう／　きゅぅん――／軀を震わせ／わたしにすがって目を閉じる

（「日の玉」全行）

チビの言葉を完全に解する詩人は、哲学者であるチビと語り合う。時にチビを叱りつけることもあるが、そんなときチビは押し黙ったまま軀を慄わせて、涙をぬぐおうともしないで、詩人に抱きしめられるのをひたすら待っているのである。詩人はチビに完全なる「人格」を見ており、チビは詩人の友であった。それだけにチビの誇り高い最期を描いた「チビの遺言」は涙なくして読むことはできない。

未刊詩集四冊目は『月見草』。この詩集は「暦館のお方さま」という、詩人のミューズに捧げられた大人の戯れの恋の歌である。齢を得た男と女がすれちがい、小さな旅のみやげ、たとえばガラスの笛、ハンカチなどを贈り合ったりする。そんな小さな贈り物をもてあそびながら、艶っぽい小唄を書きとどめるのも忍城春宣の一面である。

夕栄えの／遥かな／潮路を／船がゆく／／さびしみいろの／けむり吐き／白い小さな／船がゆく／／打ち寄せる／波の穂先に／夕波千鳥が／群れて飛ぶ／／さざ波に／膝うえまで洗われながら／白い小船に／さけぶひと／／わびしらの／爪嚙むひとよ／遠くの小船に／何さけぶ

（「何さけぶ」全行）

潮風が／しゅしゅ／しゅゆゆ／窓を吹き／／砂浜の／小石を／そっと／唇《くちべり》にあて／／鬢《びん》のほつれに／手《て》櫛《ぐし》入れる／侘しらの／ひと／／今宵も／地酒を舐める／手弱《たよわ》きおひと／　小指嚙むのおやめよ

（「おやめよ　一」全行）

酒を飲む孤独な女性に、「泣くのをおやめよ」、「呑むのをおやめよ」と優しい声をかける詩人は、酒場でかなりモテているのではあるまいか。「宵待草」「月見草」と歌われているのは、花になぞらえた生身の女性か、女性の姿に見まがう花そのものか、どちらであろうか。

未刊詩集五冊目は『少年詩篇』。詩人が、少年だった頃の自分に出会おうとして書いた詩群である。詩人、忍城春宣がどのようにして育ってきたのか、興味をもってページを開く。

案山子《かかし》に／姉の浴衣を／着せたのがばれて／母に
こっぴどく叱られた

（「夏休み　三」全行）

宿題をぜんぶ／M子にやってもらった／　よくが
んばったね／先生にほめられた

（「夏休み　四」全行）

詩人はなかなかのいたずらっ子である。ここに歌われたM子は他の詩にも登場する。夏休みには遊ぶことしか考えていない少年は、しかし、夏休みには必ず終わりがあることを知っており、そのことを気にしている。なんとか新学期を回避しようとしても叶わない。だが、「そんなとき我慢できたのは／いつも宿題やってくれるM子の／潤んだ大きな瞳に／出会うことだった」（「新学期」第三連）。

雨湿《あまじめ》りに震えながら
町に働きに出ている
母の帰りを待つ少年

一時間に一本しか
甲斐路から下ってこないバスを
長椅子の隅に坐って待っている

きのう母から　運動会にと
買ってもらった真っ新《さら》な白い靴《ズック》
もう土で汚れてしまっている
少年はそれを随分と気にしている

（「少年　一」全行）

少年が「詩」と出会い、詩人に育っていく経過を眺めていると、なぜだかとても幸せな気持ちになってしまう。

『新新』に収められた最後の未刊詩集は『懐郷《かいきょう》』。忍城春宣の「懐郷」とは家族への、とりわけ母への想いを語ることである。詩人の母親はどのような育ちをしてきた人だったのか。手をつないだ息子に、一人静の花は「悲劇の主人公を／慕って咲いている」と教え、「絶対に手折ってはならない」（「一人静　二」）と命じていた。

　母は、長男次男を戦争で亡くし、三男四男を病気で亡くし、夫とも早く死に別れた。それだけに生き残った息子である詩人は大切な存在であったが、その息子も十七歳で家を飛びだしてしまう。苦労をかけた詩人は、九十二歳に至るまで働いてばかりの生涯を終えた母の年齢に近づいてきたことを繰り返し感嘆しながら、母から教わった生き方を誇りをもって想起している。

落ちつかなかった
子どものころ
母は花壇の前に
わたしを坐らせ
母が植えた草花をよく見せた

なかでも母が一番大切にしていた
白いチューリップを見せられたとき
わたしは心の芯まで見すかされたようで
それ以来すっかり素直になって
白いチューリップに
頭をぺこんと下げたことを憶えている

だからこの年になっても
白い花を買ってきては
一輪挿しにして
玄関に飾るのが
癖になっている

（「白いチューリップ」全行）

詩人の眼には、以前はお澄まし顔であった遺影の母の顔が、「昔から笑っていなかったのに／一瞬　わたしを見て咲《わら》った／確かにわたしを見て／やさしく咲った」（「彼岸」第二連）ように見えたのである。詩の中で詩人は亡き母と向かい合い、語り合っている。

　詩人、忍城春宣は巨大な富士山をど真ん中に置きながら、富士山を取り巻く世界への愛を綴る。富士に降る雪への愛、富士に吹く風への愛。そこに住む女人への、ひとりぼっちの老人への、誇り高く生きた猟犬への愛。そして、富士とともに生きてきた自分自身の過去と現在への愛。母への愛。愛に満ちた忍城春宣の詩に触れるときに、きっと誰もが滂沱し心の底から笑顔になれるはずだ。

本詩集は、過去二年間（二〇二二、二三年）に著した未刊詩集十二冊の内の後半の六冊で、新・日本現代詩文庫151『忍城春宣詩集』（二〇二〇年）の続続編である。

新・日本現代詩文庫167 新新忍城春宣《おしじょうはるのぶ》詩集

発行　二〇二四年九月三十日　初版

著者　忍城春宣

現住所　〒四一〇―一四三一
静岡県駿東郡小山町須走三〇〇―二四

装幀　森本良成

発行者　高木祐子

発行所　土曜美術社出版販売
〒162-0813　東京都新宿区東五軒町三―一〇
電話　〇三―五二二九―〇七三〇
FAX　〇三―五二二九―〇七三二
振替　〇〇一六〇―九―七五六九〇九

DTP　直井デザイン室

印刷・製本　モリモト印刷

ISBN978-4-8120-2864-3 C0192

新・日本現代詩文庫

土曜美術社出版販売

141 小林登茂子詩集　解説　高橋次夫・中村不二夫
142 万里小路譲詩集　解説　近江正人・青木由弥子
143 稲木信夫詩集　解説　広部英一・岡崎純
144 清水榮一詩集　解説　高橋次夫・北岡淳子
145 細野豊詩集　解説　北岡淳子・下川敬明・アンバル・パスト
146 川中子義勝詩集　解説　中村不二夫
147 山岸哲夫詩集　解説　井坂洋子・藤本真理子・苗村吉昭・武田肇
148 天野英詩集　解説　小川英晴
149 愛敬浩一詩集　解説　村嶋正浩・川島洋・谷内修三
150 山田清吉詩集　解説　松永伍一・広部英一・金田久璋
151 忍城春宣詩集　解説　野田新五・周田幹雄
152 丹野文夫詩集　解説　倉橋健一・竹内英典
153 関口彰詩集　解説　松本邦吉・愛敬浩一
154 清水博司詩集　解説　麻生直子・愛敬浩一・岡和田晃
155 室井大和詩集　解説　埋田昇二・柏木勇一・高山利三郎
156 山口春樹詩集　解説　苗村吉昭
157 佐川亜紀詩集　解説　石川逸子・権宅明・韓成禮
158 岸本嘉名男詩集　解説　有馬敲・倉橋健一
159 加藤千香子詩集　解説　港野喜代子・長谷川龍生・こたきこなみ・原田道子
160 橋爪さち子詩集　解説　河津聖恵・古賀博文・高橋玖未子
161 入谷寿一詩集　解説　中原道夫・中村不二夫
162 重光はるみ詩集　解説　井奥行彦・以倉紘平・小野田潮
163 会田千衣子詩集　解説　江森國友
164 佐藤すぎ子詩集　解説　田中眞由美・一色真理
165 佐々木久春詩集　解説　中村不二夫・鈴木豊志夫
166 新編忍城春宣詩集　解説　田中健太郎
167 新新忍城春宣詩集　解説　田中健太郎
168 中谷順子詩集　解説　冨長覚梁・根本明・鈴木久吉
169 田中佑季明詩集　解説　渡辺めぐみ・齋藤貢

〈以下続刊〉

1 中原道夫詩集
2 坂本明子詩集
3 高橋英司詩集
4 前原正治詩集
5 三田洋詩集
6 本多寿詩集
7 小島禄琅詩集
8 新編菊田守詩集
9 出海溪也詩集
10 柴崎聰詩集
11 相馬大詩集
12 桜井哲夫詩集
13 新編島田陽子詩集
14 新編真壁仁詩集
15 南邦和詩集
16 星雅彦詩集
17 井之川巨詩集
18 新々木島始詩集
19 小川アンナ詩集
20 新編井口克己詩集
21 新編滝口雅子詩集
22 谷　敬詩集
23 福井久子詩集
24 森ちふく詩集
25 しま・ようこ詩集
26 腰原哲朗詩集
27 金光洋一郎詩集
28 松田幸雄詩集
29 谷口謙詩集
30 和田文雄詩集
31 新編高田敏子詩集
32 皆木信昭詩集
33 千葉龍詩集
34 新編佐久間隆史詩集
35 長津功三良詩集

36 鈴木亨詩集
37 埋田昇二詩集
38 川村慶子詩集
39 新編大井康暢詩集
40 米田栄作詩集
41 池田瑛子詩集
42 遠藤恒吉詩集
43 五喜田正巳詩集
44 森常治詩集
45 和田英子詩集
46 伊勢田史郎詩集
47 鈴木満詩集
48 曽根ヨシ詩集
49 成田敦詩集
50 ワシオ・トシヒコ詩集
51 高田太郎詩集
52 大塚欽一詩集
53 香川紘子詩集
54 井元霧彦詩集
55 高橋次夫詩集
56 上手宰詩集
57 網谷厚子詩集
58 門田照子詩集
59 水野ひかる詩集
60 丸本明子詩集
61 村永美和子詩集
62 藤坂信子詩集
63 門林岩雄詩集
64 新編原民喜詩集
65 新編濱口國雄詩集
66 日塔聰詩集
67 武田弘子詩集
68 大石規子詩集
69 吉川仁詩集
70 尾世川正明詩集

71 岡隆夫詩集
72 野仲美弥子詩集
73 葛西洌詩集
74 只松千恵子詩集
75 鈴木哲雄詩集
76 桜井さざえ詩集
77 森野満之詩集
78 坂本つや子詩集
79 川原よしひさ詩集
80 前田新詩集
81 石黒忠詩集
82 壺阪輝代詩集
83 若山紀子詩集
84 香山雅代詩集
85 古田豊治詩集
86 福原恒雄詩集
87 黛元男詩集
88 山下静男詩集
89 赤松徳治詩集
90 梶原禮之詩集
91 前川幸雄詩集
92 なべくらますみ詩集
93 津金充詩集
94 中村泰三詩集
95 和田攻詩集
96 藤井雅人詩集
97 馬場晴世詩集
98 鈴木孝詩集
99 久宗睦子詩集
100 水野るり子詩集
101 岡三沙子詩集
102 星野元一詩集
103 清水茂詩集
104 山本美代子詩集
105 武西良和詩集

106 竹川弘太郎詩集
107 酒井力詩集
108 一色真理詩集
109 郷原宏詩集
110 永井ますみ詩集
111 阿部堅磐詩集
112 新編石原武詩集
113 長島三芳詩集
114 柏木恵美子詩集
115 近江正人詩集
116 名古きよえ詩集
117 新編石川逸子詩集
118 佐藤真里子詩集
119 河井洋詩集
120 戸井みちお詩集
121 金堀則夫詩集
122 三好豊一郎詩集
123 古屋久昭詩集
124 佐藤正子詩集
125 川端進詩集
126 桜井滋人詩集
127 葵生川玲詩集
128 今泉協子詩集
129 柳内やすこ詩集
130 新編甲田四郎詩集
131 大貫喜也詩集
132 今井文世詩集
133 中山直子詩集
134 林嗣夫詩集
135 柳生じゅん子詩集
136 原圭治詩集
137 森田進詩集
138 水崎野里子詩集
139 比留間美代子詩集
140 内藤喜美子詩集

◆定価1540円（税込）